ほうかごがかり

甲田学人

illustration potg

目次

ほうかごがかり2

ほうかごがかり紹介

六年生
二森（こもり）啓（けい）
絵描き

六年生
緒方（おがた）惺（せい）
学級委員長

六年生
堂島（どうじま）菊（きく）
霊媒体質

六年生
見上（けんじょう）真絢（まあや）
キッズモデル

五年生
瀬戸（せと）イルマ
臆病な少女

五年生
小嶋（こじま）留希（るき）
いじめられっ子

年齢不詳
太郎（たろう）さん
顧問

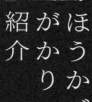

『ムラサキカガミ』

紫鏡。二十歳までこの言葉を憶えていると、死んでしまうとされる怪談。

事故死する、病死する、全身に鏡の破片が刺さって死ぬ、ハンマー男に殺される、鏡に引きずり込まれるなど、さまざまなバリエーションがある。

起源とされるエピソードや、回避する呪文などにも、多くの異説がある。

五話

――八年後の未来。

ある日。マンションの郵便受けから持ち帰った手紙の中に、奇妙なダイレクトメールを見つけて、見上映子は一人、「うん？」とリビングで首をかしげた。

内容は着物のセールス。子供の成人祝い。だがこの家に子供はいなかった。起業家社長である夫と結婚して二十年と少し。子供はできないまま四十を過ぎて、ファミリーで住める広さのマンションでの二人暮らしだった。

宛名に書かれているのは、いもしない娘の名前。

業者のいい加減な仕事を鼻で笑って、映子はつぶやいた。

「――誰よ。『真絢』って」

その時、不意に自分の頬に、何かが伝った。

「えっ？」

涙だった。何で。意味が分からない。

だが泣いていた。知らない、存在しない娘の名前を見ながら、映子は自分でも理解できない、どうしても止まらない涙を、はらはら、はらはらと、流し続けた。

………………

†

1

「『無名不思議』に殺された子は、存在自体が消えてしまうんだ。いなかったことになる」

「犠牲者は存在を怪談の養分として吸い取られて、怪談の一部にされる。代わりにこの世界からは消えてしまうんじゃないか、って」

「どういう仕組みで人の存在が世界から消えるのかは分からない。でも完全に消えてしまうわけじゃないらしくて、少しだけだけど〝ほころび〟があって、消えそこねてる部分があったりすることが確認されてて」

「一番わかりやすい〝ほころび〟が――僕ら『かかり』が、憶えてるってこと」

……………


この世界から、真絢の〝存在〟が消えた。

瀬戸イルマにとって、それは世界が壊れるような衝撃だった。

イルマの世界から光が消えた。しかも、とても許されない、残酷な形で。

単純に死ぬよりもひどい結末で。無惨に殺され、遺体を徹底的に破壊され、さらにその尊厳も生きた証も何もかも踏みにじった、冒瀆に等しい結末だった。

家族や友達や知り合いが、そんな目にあったというだけでも、大変なショックだろう。

だが、真絢のことは、それどころで収まる話ではなかった。

イルマにとって真絢は、家族以上の存在だったからだ。家族を超える、唯一にして、特別な存在。イルマにとって真絢は――家族なんかにはこんな感情を向けようがない、自分の全てを賭けて、憧れて、心酔している、しかしそれでいてとても近くにいる、まさに奇跡のようにそこにいる、アイドルそのものと言っていい存在だったのだ。

イルマの心の中心には、ずっと〝ヒロイン〟という存在がいた。

　小学生になる前まで、ママの国であるインドネシアで暮らしていたイルマは、いずれパパの国である日本で暮らす準備の助けになるようにと与えられた、たくさんの日本のアニメと漫画に、与えた両親が後悔したくらい夢中になった。

没頭した。アニメの中の、ドラマチックな物語と世界に。

　きらめくようなキャラクターたちに。そして、中でもイルマの心を釘づけにしたのは、その物語の中に出てくる、ヒロインという存在だった。

　綺麗で、可愛らしくて、優しく、気高い女の子。

　彼女がストーリーに現れただけで、世界が変わる、特別な存在。

　そんな存在に、イルマは夢中になった。最初は自分に投影した。自分がヒロインになる空想を遊ばせ、最初はヒロインごっこをしたりしていた幼いイルマは、しかしやがて投影した時に最も心がときめくのは、自分がヒロインになる想像よりも、そのヒロインに出会う自分を想像した時だと気がついた。

　自分がヒロインになるのではない。

　出会いたかったのだ。手を引いて、今までの自分から連れ出してほしい。

　だんだんと知ってしまったからだ。自分は、あんなにきらめく存在じゃないと。

　引っ込み思案というわけではなく、しかしリーダーシップを取れるほどではない。不細工ではないが、誰もが振り返るほど可愛くもない。得意なこともないし、胸を張れるほど人に優しくもない。卑怯な心も持っていて、何よりすごく怖がりで、ヒロインにはふさわしくない。つまりイルマは——あまりにも〝普通〟だった。

イルマは憧れた。ヒロインのいる漫画の世界に。

そこに描かれる日本に。いずれ住むのだと教えられている国に。

そこで、もしかすると出会えるかもしれない、ヒロインの存在に。

そして普通ならば実際に住んでみて、現実の日本にそんなものはいなかったという現実を知って失望するだけの、夢見がちな幼少期の一幕になるはずだったのだが——イルマはそこで本当に出会ってしまった。自分の知っている有名人との、運命の出会いを、経験してしまったのだ。

それが、見上真絢だった。

日本に引っ越して、小学校に入学して、そこで見かけた、一つ上のお姉さん。

幼い頃から何度も来ている国だが、本格的に住むことになって、しかも初めての学校に通うことになって、期待と不安がないまぜだったイルマ。そんなイルマが、不安そうに周りを見回しているうちに見つけたのは、この学校で間違いなく一番の、いや、街の中学生にも高校生にも見たことのないほどの——それなのにテレビの画面も漫画の紙面にも隔てられず、そうしようと思えばすぐにでも触れて言葉を交わせる、同じ空気を呼吸している、そんな間近の空間で見た、初めての規格外の美少女だった。

その顔を、イルマは知っていた。

親の仕事とヒロインへの憧れから、ファッションに強い興味があったイルマは、ティーンズ向けのファッション誌やファッションカタログを読むのが好きで、そこに載っているモデルの『まあや』を見たことがあったのだ。

周りの誰よりもおしゃれな服。背が高くてすらっとしたスタイル。濡れたような色艶をしたまっすぐな黒髪。抜けるような白い肌と、大人びて整った綺麗な顔に、洗練された仕草と、ミステリアスな雰囲気。

写真でも綺麗で印象に残っていたが、動き、話している真絢を見て、イルマは激しい衝撃を受けた。動く真絢は写真で見るよりもはるかに魅力的で、周囲の人間とは別次元に目立っていて、立ち振る舞いも、表情も、声も言葉も話し方も、垣間見える人格さえも、まさにイルマの理想のヒロインだったのだ。


本当にいるんだ……！


感動と共にそう思った。

自分はアニメの世界に来たのだと、漫画の世界に来たのだと、そのとき確信した。

アニメと漫画は、イルマの全てだった。幼少期を外国で過ごしていたイルマが、それにもかかわらず言葉に一切不自由しないのは、家で話していたこともあるが、それ以上にアニメをたくさん見ていたからだ。

イルマが自分のことを『ボク』と言うのは、一番たくさん口ずさんでいた大好きな歌がアニメの主題歌で、その歌の一人称が『ボク』だったからだ。

そんなイルマにとって、理想のヒロインそのものである真絢は、まるで憧れの世界へとつながる扉のように見えた。

漫画でよく見た表現だが、こんなヒロインと出会ったなら、確かにその瞬間、世界が変わるに違いないと思った。だが、もちろん、自分から話しかける勇気はなくて。イルマは正しく一介のファンとして、その実ずっと目で追いながら、四年間を過ごした。

初めて直に見た有名人を、初めて親を見たヒヨコのように見つめながら、イルマはずっと、真絢に理想のヒロインを投影していた。

そして真絢はその間、イルマの投影した理想のヒロインであり続け、決してイルマの理想を裏切ることはなかった。

だがその間――イルマは逆に、自分に失望し続けていた。

小学生として過ごすうちに、イルマは自分の普通さを――いや、醜さと臆病さと卑怯さを、どんどん自覚してゆくばかりだったのだ。

道を歩いていて、目の前の人が落とし物をしたのに声もかけなかったこと。

拾った百円を、黙ってポケットに入れたこと。

クラスメイトが意地悪されているのを止めなかったこと。

テストの答えが分からなかった時に、つい隣の席を見ようとしてしまったこと。

つい面倒で宿題をサボったこと。

宿題はもうやったと、ママに嘘をついたこと。

先生に、頭が痛くて宿題ができなかったと嘘をついたこと。

そしてそのことにずっと罪悪感を感じて、後悔していたのに、また別の時に、嘘をついてしまったこと。

……積み重ねて、理解せざるを得なかった。

イルマは、ヒロインにふさわしいような、正しさも優しさも勇気も持っていないと。

なんて醜いんだろう。こんな子が、友達になってほしいだなんて、ヒロインに向かって言えるわけがない。自分からはとても言えない。自分の中身の醜さと弱さを知っているから、とてもではないが平気な顔をして、彼女の前になんか立てなかった。

だから、ずっと、見るだけだった。

諦めて、見るだけ。けれども彼女を見ているイルマは、そうしながら、とある小さな希望を捨てられなかった。

それは――

いつかヒロインが自分を見てくれて、手を差し伸べてくれるかもという希望。

ヒロインが、真絢が、こんな弱い自分を見つけてくれて、手を差し伸べてくれて、許してくれて救い上げてくれて、そしてそれからは胸を張って生きていけるキラキラした自分に変われるのだという、そんな希望だった。

ボクを、見つけてほしい。

イルマはそう夢見ながら、真絢に視線を送って暮らしていた。

目にとまりやすい、可愛い服をまとって。自分でもそれが、ただの夢だと理解しながら。

だが――――そんなイルマに、〝それ〟は、突然もたらされた。

まるで漫画のような、奇跡のような、ヒロインとの接点。

そしてその奇跡は、やはり漫画のように。

望んでいない、現実とは思えない、奇跡のような地獄と、抱き合わせになっていた。

『ほうかごがかり』

最初は怖いながらも興奮した。それこそ、漫画みたいな展開だったから。

帰りの会で配られた連絡のプリントに二枚目があって、そこに『ほうかごがかり』という文字と一緒に自分の名前が書かれていて、その日の夜から毎週、金曜日に『ほうかご』の学校に呼び出されることになって。

不思議な夜の学校に、不思議なおそろいの制服を着て、憧れのヒロインと一緒に呼び出されて。自分の希望とは少し違うけれども、こんな漫画のような、夢見たような出来事が、本当にあったのだと、最初は胸が高鳴った。

だが――

瀬戸イルマには、勇気がない。

臆病だ。死ぬのが怖い。痛いのが怖い。ありとあらゆる危険が怖いし、さらに付け加えるなら、怖いことが怖い。

昔からだ。自分でよく分かっていた。自分のことだから。

よく知っていて――絶望していた。全てはこれが原因だった。臆病な自分は、大好きな漫画に出てくるキャラクターたちと同じような、強く気高く美しく勇気ある生き方は絶対にできなくて、せいぜい悪役やひどい目にあうモブキャラクターのような、弱くて卑怯な生き方しかできないのだ。

特にイルマは、幽霊が怖かった。

イルマは例えるなら、周りにいる他の子の、二倍の怪談を聞いて育ってきた子供だった。

パパの方のおばあちゃんと、ママの方のおばあちゃん。それが二人ともイルマに怖い話を聞かせる人だった。どちらも子供を戒めるために、怖い話を使う人だったのだ。

ママの国には、何種類もの幽霊がいた。

死体を包む白い布を被った亡霊『ポコン』。赤ん坊の幽霊『トゥユル』。体に穴が空いた女の幽霊『クンティラナック』――それらはまとめて『幽霊』と呼ばれていた。

恨み、罪、死に方、死後のあつかい。色々な状況や事情によって、死んだ人間はさまざまな種類の幽霊に変わる。

そして人を襲う。それらは人間にとって、恐怖で、罪で、罰で、戒めだった。イルマはママ方のおばあちゃんから『ハントゥ』の話をたくさんされて育った。悪いことをするとハントゥが来る。それはハントゥの仕業だ。あの人はハントゥにやられた。だからあんなことになった。あそこにはハントゥが出るから近づいちゃいけない、と。

そして、パパ方のおばあちゃんからは、『オバケ』の話をされた。

悪い子のところにはオバケが来るよ、と。ママの国の幽霊のように細かく名前はついていない、でもそこらじゅうにいるオバケや幽霊が、祟って、呪って、それからそこらじゅうにいる神様が、恐ろしい罰を当てるんだよ、と。

二つの国をルーツに持つイルマは、戒めとして二つの国の怪談を、つまり他の子の二倍、聞かされて育った。

イルマは怖かった。ママの国の『ハントゥ』が怖かった。ポコンも、トゥユルも、クンティラナックも。パパの国の『オバケ』も怖かった。幽霊も、祟りも、罰を当ててくる神様も、それからトイレの花子さんも――ひきこさんも、テケテケも、口裂け女も、不幸の手紙も、合わせ鏡も――それからムラサキカガミも、怖かった。

イルマは、自分が二十歳まで『ムラサキカガミ』を憶えていると、確信していた。

そんなイルマだから、最初はともかく、次々と『かかり』のみんなが恐ろしい目に遭い始めた時に、思ったのだ。

無理だ。

と。

ただ純粋に無理だった。イルマは『ほうかごがかり』になってから、一度も自分の担当している『無名不思議』がいる部屋に、怖くて入ったことがなかった。

毎週金曜日の深夜、音割れした学校のチャイムに起こされて『ほうかご』に呼び出されたイルマは、まず最初に家庭科室の前に立っている。家庭科室の扉は開いていて、中の様子が見えているが、イルマは中には入らず目をそむけ、そこを立ち去って、そのまま『開かずの間』に行ってしまい、戻ってくることはない。

最初の日も、怖くて長い時間、扉の前で立ちすくんでいる間に惺が迎えにきたので、中には入っていなかった。

その時は、開いていた扉から、部屋の奥に見える調理台つきの教卓の上に、異様な存在感をした鏡がぽつんと一つ置いてあるのが見えて――そしてその鏡面が紫色にうっすらと光っているように見えて――とてもではないが中には入れず、それ以降も一度も家庭科室には入っていなかったし、中の鏡も見ていなかった。

あれから『かかり』の日のたびに、教室の中を見ないようにして逃げている。

もちろん怖いからだ。だから最初の日以降、例の鏡は見ていない。

楕円形をした、重そうな金属製の枠と台がついた、古ぼけた鏡だった。いかにもな鏡だ。でもそれ以上に、広い家庭科室の中が見えた瞬間、真っ先に目が行ったくらいの、説明のできない異様な存在感が、その鏡にはあった気がした。

あの鏡が、今どうなっているのか、イルマは全く知らない。

知りたくもない。もし変化があったら、怖いし嫌だからだ。

当然ながら、『記録』などもつけていない。

見たくない。触れたくない。知りたくない。関わりたくない。

この『ほうかごがかり』になって、高揚がおさまって現実を知って以降、イルマが考えていたことは、とにかくそんなことばかりだ。

とにかくこの恐ろしい状況から、一刻も早く解放されたい。望みは、まずそれだった。

いくつか試みもしていた。夜、『ほうかご』に呼び出されないようにする試みだ。

部屋のドアに鍵をかけたり、布団を持ち込んで寝る部屋を変えたり、お願いしてパパやママと一緒の部屋で寝たりした。

だが、鍵は全く無駄で、部屋を変えてもチャイムと呼び出しの放送はついてきた。さらに両親と一緒に寝た時には、大音量のチャイムと放送が鳴り響く部屋の中で、パパもママも全く目を覚まさず————呼びかけても揺すっても叩いてもずっと死体のように眠っている両親がいる中で変わらずに呼び出されてしまい、結果として別の不安と恐怖が加わっただけで、呼び出しから逃れることはできなかった。

最後の手段として、チャイムが鳴っても応じないことも試した。

単純で、しかし最も覚悟のいるやり方。チャイムが鳴り、呼び出しの放送が聞こえても、頑として布団の中に閉じこもって、何も見ず、聞かず、動かず、絶対に『かかり』には行かないという抵抗だった。

その日は、恐怖と緊張で眠れないまま時間を迎えた。

カァ————————ン、

コ————————————ン！

そして時間になって、あのチャイムが鳴りはじめた。耳と脳を貫いたそれに、びくっ、と体をこわばらせたイルマは、布団を自分の体に巻きつけた。自分の体温と、綿と布の中に、しがみついて隠れ、必死の思いで身を縮めた。


『――ザーッ――ガッ……ガリッ………

ほうかごガかり……は、ガっ……こウに、集ゴう、シて下さイ』

「………………!!」


続く呼び出しの放送を、聞かないふりをした。

開いたドアの気配も、そこから流れ込む空気の温度と匂いも、空気をざらつかせる放送の音も無視して、ただじっと耐えた。

起き上がらず、ベッドの上で、布団の中で、息を殺してじっとしていた。

そうして身動きせず、呼び出しの放送をやり過ごし、放送の声とその余韻が細く消えていきかけた、その瞬間――何かの手に、い、い、い、いきなり足首をつかまれて、ものすごい力で布団ごと引きずられ、ベッドから落ちてフローリングの床を滑ってドアの向こうに引きずりこまれて

——布団のまま家庭科室の前に放り出されたので、さすがにこれ以上は恐ろしい状況が増えるだけだと悟って、呼び出しに抵抗するのを諦めた。

2

『日付』
『担当する人の名前』瀬戸イルマ
『いる場所』家庭科室
『無名不思議の名前』ムラサキカガミ
『危険度』

『見た目の様子』
『その他の様子』
『前回から変わったところ』
『考察／その他』

空白の『日誌』が、イルマの手の中にはある。

呼び出しへの抵抗は諦めたイルマ。だが、だからといってイルマが、『日誌』をつけることはなかった。

†

家庭科室には入らない。中の鏡は絶対に見ない。

せめてもの抵抗だ。見ない。知らない。しかし『ムラサキカガミ』はその間にも、他の子と平等に、イルマの日常に入りこんできた。

最初は、二回目の『かかり』があった翌週、思い切って真絢に話しかけた朝だ。

イルマからすると理不尽な不幸でしかない『かかり』だが、それでも待ち望んだ真絢との接点であることは変わりがなく、それに浮かれたイルマはなけなしの勇気を振りしぼって、恥を忍んで話しかけたのだ。

「あ、あの……見上さん」

早い時間に登校して、真絢が登校してくるのを待って、そう声をかけた。

共通の話題が『ほうかご』しかないことが残念だった。だがそれでも、真絢はイルマの名前を憶えてくれていて、それが心の底から嬉しかった。

初めてちゃんと話ができた。話した真絢は、イルマの思った通りの人だった。

綺麗で、優しくて、聡明で、強い。思っていた通りのヒロインだった。イルマのことを心配してくれて、舞い上がったイルマは、もう何年も心の中で思い続けていただけだった真絢への賞賛と憧れを、必死になって言葉にして伝えた。

それは、本当に天にも昇るような気持ちだった。

ずっと夢想していたことが、ずっと夢想するだけで叶わないだろうと思っていたことが、今このとき叶ったのだ。

たぶん、今までの人生で、一番の幸せ。

一番の幸福。一番の高揚。これが、たぶん今までのイルマの人生で最高の時で——そして最後の最高だった。

赤紫色に光る鏡が見えたのだ。

玄関から見える、ずっとずっと向こうの廊下。登校してきた子供が行き交う景色の、その向こうにたまたま目を向けた時——廊下の先の手洗い場の壁に据えつけられた鏡が、明らかな赤紫色を帯びて光っていたのだ。

「ひっ……！」

息を呑むような悲鳴を上げた。ぞっと鳥肌が、今の今まで夢見心地に上気していた肌の上に一瞬にして広がった。目を見開いた。顔から血の気が引いた。その紫色は最初の『ほうかごがかり』の日、家庭科室の鏡の表面が帯びていた色と、完全に同じものだったのだ。

「――なんで『ムラサキカガミ』が、ここにあるの……⁉」

押し殺したようにそう叫んで、その場を逃げ出したイルマ。

そしてそれ以降、イルマの日常生活の中に、『紫色の鏡』が現れるようになった。

生活していて、時折、不意に目に入った鏡が、紫色に光っている。

それを見るたびにイルマは心臓が跳ね上がり、悪寒に襲われる。

現象だけなら、紫色の鏡が見えるという、ただそれだけのことだ。

だが、明らかに普通のものではない異常な現象は、ただの臆病な小学生にすぎないイルマが怯えるには、充分なものだった。

しかも不意に目に入るその鮮烈な赤紫色は、不吉な知らせが写った心霊写真を思わせる、見たこともないような禍々しい色をしていた。見た瞬間に本能が厭なものを感じ取り、一瞬にして鳥肌を立てる、異常な赤紫色の光が、生活の中に忍び寄るのだ。

ちら、と見える紫鏡。

ひっ、と息を呑んで、もういちど見直すと、消えている。

慣れたりはしない。それはとても慣れることができないような、気持ちの隙間を狙って視界に入る。すぐにイルマは鏡を怖がるようになった。怖くて、できるだけ鏡を避けるように、見ないように、視界に入れないように、注意するようになった。

「なるほど、瀬戸さんのところに現れる『無名不思議』は、それだけなんだね？」

だが、イルマに起こる現象についての、惺の感想は、こんなものだった。

初めて見た日常の『ムラサキカガミ』に対する感想。どれだけ優しげに言ってみても、公平そうな態度を取ってみても、この『かかり』を主導している惺の中で、イルマの危機が軽く見られていることは、すぐに分かった。

その時点で、惺に相談する気はなくなった。

惺は絶対、イルマの感じている恐怖を重く受け止めない。なのでイルマのまともな『ほうかご』の相談相手は、真絢と留希だけになった。

実質、真絢だけだ。

留希は真面目に聞いてくれるが、いかにも頼りないし、少しずれている。

イルマの気持ちを、恐れの気持ちを、ちゃんと受け止めてくれるのは真絢だけだった。

やはり憧れのヒロインである真絢だけが、ちゃんとイルマの恐れを理解して受け止めてくれて、慰めてくれるのだった。

「見上さん、見上さん」

イルマは、真絢とたくさん話をした。

真絢は優しかった。真絢のことをますます好きになった。

ただ、一つだけ不満があった。

イルマと同じく、『かかり』には従わない態度を表明している真絢だが、イルマがずっとそれとなく伝えている、この件を大人に相談した方がいいという考えには、曖昧に笑って、絶対に同意しないのだ。

大人に『かかり』のことを言ってはいけないと、『しおり』には書いてある。

イルマはそれを馬鹿馬鹿しいと思っていたが、しかしイルマが見ている限り、この異常な事態を、お父さんやお母さんや先生や、あるいは警察などに相談している様子が、真絢を含めて誰にもなかったのだ。

子供だけで解決しようとしているようにしか見えなかった。

そんなこと、できるわけがないのに。イルマはそう思って真絢に伝えるが、子供だけで解決できるわけがないという意見には同意するものの、大人に伝えることに対しては、真絢の態度は曖昧だった。

「……もし喋ったとして、信じて貰えなかったら、面倒なことになると思う」

真絢は言っていた。言っていることは分かる。でもイルマは言うべきだと思った。色々とあるだろうが、最後に頼りになるのは結局パパとママ、先生、大人なのだ。

ずっと思っていた。大人に相談するべきだと。でも、これをきっかけに仲良くなることができて、一番頼りにしている真絢が——憧れている漫画のヒロインのように美しく強くて気高くて賢い真絢が——難色を示しているのに、自分が勝手にそうするのは裏切りに思えて、しばらくの間はイルマも、大人に『ほうかごがかり』のことを相談しなかった。

自分の身に怪しい現象が起こり始めても、ぐっと耐え忍んで、誰にも言わなかった。

怖くても、不安でも、真絢とのことを思えば、ギリギリ耐えられた。

真絢と並んでいたかったから。

それから少しだけ、真絢と重大な秘密を共有している気分になって、それがこっそりと嬉しくて、大人には言わなかった。

そして真絢は死んだ。血みどろの袋に詰められて。

頭が真っ白になったイルマはこの世の終わりのように泣き叫んだ。

みんな、あまりにも異常な事態に、もう『赤い袋』の中にいる真絢のことをどうすることもできず、仕方なく校庭に何も入っていないお墓を作った。

それが九回目の『ほうかごがかり』。

六月の初めのことだった。

†

真絢の死に泣いて、取り乱して、絶望して。

イルマは『ほうかご』から、怯えきって目を覚ました。

そしてその日、お昼近くになって。イルマは自分のママに、こう話しかけた。

「……ねえ、ママ」

「んん？　なにー？」

「もしボクが死んじゃったら、どう思う？」

ミシンと、あとは並んで吊るした服と布地と、ボタンや糸などが入った分類ケースに埋め尽くされた部屋。そこでママはミシンの前に座って、お店から持ち帰った仕事をしながら、背中を向けたままイルマに受け答えした。

イルマのママはインドネシア系で、今はおばさん――つまりパパの妹と一緒に、おばあちゃんから継いだ洋裁店をやっている。結婚前の若い頃から洋裁を仕事にしていて、ミシンを作っている精機メーカーに勤めているパパと仕事で出会って、結婚したのだ。

そんなママは、イルマの問いかけに、イントネーションにほんのわずかな不自然さを残している言葉で、まず言った。

「えー？　ウソでもそんな話するの、ママはイヤ」

少し、でも本気で嫌そうに。ダダダとミシンの音を立て、仕事の手は止めずに、その会話を続けることに対して、煩わしそうな空気をにじませる。

だがすぐに、不意に思い至った様子で、「ああ！」と合点すると、声の調子を一変させた。

「あ。あー！　もしかして朝に泣いてたの、それ？」

質問と、今朝のイルマの様子と、それから幼少期の思い出が繋がって。

「小さい頃、よく『死ぬのが怖い』って言って、布団の中で泣いてたねえ。懐かしー」

そう言ってけらけらと笑った。これは誤解だったが、和解でもあった。今朝、ベッドから出たイルマはこの世の終わりのように泣き腫らしていて、朝食もろくに食べられず、しかしそれを心配して理由を聞くママに何も答えなかったので、そのうちその態度にママが怒り出して、軽くケンカのようになっていたのだ。

「こんなに大きくなったのに、まだ怖いの？」

「ちがうし……」

「大丈夫だよー。あなたは病気もしてないし、死なないよ。怖くない」

「ちがうってば！」

ケンカのこともあり、的外れな理解で笑い飛ばされて、イルマは不満に思う。だが、とにかくママの機嫌が直ったので、それ以上は言わずに呑み込んだ。

最初から、仲直りはするつもりだったのだ。

その前段階として、ママの機嫌を窺って、イルマは話しかけたのだから。

そして仲直りも、もう一つの目的の前段階だった。イルマはとある決心をして、この部屋にやって来たのだ。

大人に相談する。

そのために。

あの『ほうかごがかり』のことについて、大人に相談するために。やっと決心した。もっと早くに、こうするべきだった。イルマは後悔していた。もっと早くそうしていれば、真絢もあんなことにはならなかったはずだった。

あんなもの、子供だけでどうにかできるはずがない。

当たり前だ。現実は、漫画ではないのだ。

でも、こんな漫画みたいなこと、どう大人に説明すれば信じてもらえるのだろう？

真絢の言っていた懸念。それは確かに存在していた。思い切ってママに話しかけはしたものの、そこで引っかかって——言葉が先に続かなくなったイルマに、今はもうすっかり機嫌を取り戻したママは、ようやく少しだけ振り返って、冗談めかして訊ねた。

「じゃあ、幽霊が出た？」

「……！」

ママが口にしたのは、それ。

突然の、その当たらずとも遠からずの言葉に、イルマは息を呑んだ。幼い頃のイルマが、本当に怖がっていたもの。

昔から怖がりだった自分。そんな自分が、こんな状況に置かれている。

そう思うと完全に心が決まった。もう耐えられない。大人に言う。言ってやる。

たとえ『しおり』に禁止と書いてあっても。

おかしいのはみんなの方だ。あんな異常な状況に、子供だけで耐えるなんて、できるわけがない。

誰にも相談しないなんて、逃げようとしないなんて、意味がわからない。

みんな正気とは思えなかった。だから決めた。今ここで、言うと。

「ママ……」

「なあに？　イルマ」

今度は仕事の手を止め、丸椅子の上で体ごと振り向いて、訊き返すママ。

そんなママに、決定的な一歩を踏み出すことへの、一瞬の躊躇をした後で――

「――『ほうかごがかり』って、知ってる？」

その問いを、イルマは口にした。

瞬間。

「」

ママの貌が、死体になった。

目の前で、今まさに目の前で突き合わせていたママの顔から、一瞬にして表情と意思と生気が抜け落ちて、生きた人間のものではなくなった。

「!?」

ぶわ、と恐怖で鳥肌が立った。『その言葉』が相手の耳に入ったと思われた瞬間、目の前の母親の顔から、人間を生きた存在として認識するために必要なものが、ごっそりと何もかも喪われたのだ。

見るからに大きな変化があったわけではない。だが明らかな変貌だった。変質とさえ言ってよかった。このとき母親の顔から、生きた人間としての自然な動きが、瞬きも、無意識の筋肉のわずかな動きも、呼吸の動きまでもが完全に止まって、それと同時に開きっぱなしの目の中にある瞳から意思の光が消えて、こちらを見ていた目が一瞬にして何も映さなくなって、空洞のようになった目玉が虚ろにこちらを凝視したのだ。

「ひっ!!」

見慣れた肉親の貌が、表面だけ似せて、粘土で作った塊になった。

心と命の喪われた、ただの肉でできた顔になった。

死体の顔。

母親の死体の顔。

それと間近に向き合った自分も、瞬きを忘れて、息をするのも忘れて、全身の毛穴から冷たい汗が噴き出るのだけを感じながら立ちすくんだ。

時間が凍る。

だがそれは、おそらく刹那のことで、錯覚のような一瞬の後に気がつくと、時間は再び動き出していた。

目の前にはいつものママがいて、イルマを見ながら、微笑んでいた。

そして微笑みながら、ママは言ったのだった。

「――なあに？　イルマ」

「!?」

えっ。

たったいま、さっき一度聞いたはずの言葉を。

イルマは激しく混乱した。動画のシーンを間違えて前に飛ばしてしまったかのような、連続性の突然の断絶があった。

突然のやり直し。その不可解な現象に直面したイルマは、混乱した。しかし確かに混乱ではあったが、その混乱は同時にイルマにとって、ある種の安堵のようなものを、驚いたことに含んでいた。

ああ、いま一瞬、見たと思ったものは、なかったのだと。

安堵したのだ。今のは気のせいだったと。あるいは一瞬の空想だったと。錯覚だったと。白昼夢だったと。

今あったやり取りは、なかったことになったのだと。だからそれに安心して、この白昼夢のようなやり直しを、戸惑いながらもイルマは受け入れて――しかし心の端には強烈な違和感と不安を残したまま――イルマはもう一度、さっきの問いを繰り返した。

「……『ほうかごがかり』って、知ってる？」

だが瞬間。また母親の貌が死んだ。

そして。

「なあに？　イルマ」

断絶。

巻き戻る時間。

ママの連続性が断絶し、言葉が繰り返された。

異常は決定的だった。頭から血の気が引いた。指先が冷たくなった。だが目の前のママは元の顔で「なあに？」と、もう三度も繰り返したイルマの質問を待っていて——イルマはその迫ってくる現実の時間の経過に耐えられなくなって、もう一度一縷の望みをかけて、この輪廻から抜け出すことを願って、また質問を口にした。

「『ほうかごがかり』って、知ってる？」

瞬間、顔に浮かぶ死。

そして断絶。巻き戻る時間。

「なあに？　イルマ」

もう一度。

イルマは質問した。

瞬間、死。

断絶。そして。

「なあに？　イルマ」

もう一度。

質問。

死。

断絶。そして。

「なあに？　イルマ」

もう一度。

「なあに？　イルマ」

もう一度。

「なあに？　イルマ」

もう一度。

「なあに？　イルマ」

「なあに？　イルマ」

「なあに？」

「なあに？」

「なあに？」

「なあに？」

…………………………!!

…………………………………………………………‼

…………………………

……………………………………

3

・『かかり』について大人に話さない。言っても無駄。

初めは単に禁止としか受け取らなかった、『かかりのしおり』にあったその項目。我が身で経験して気がついた。どうやらそのニュアンスは、『禁止』とは違うようだった。

「なあに？　イルマ」
「どうした？　イルマ」
「なあに？」「どうした？」

大人に『ほうかごがかり』の話をすると、どういうわけか聞いた大人は、その寸前まで巻き戻って、絶対に記憶できないし、その先にも進めないのだ。ママに、そして望みをかけてパパにも話した結果、ただ心の傷ばかりを拡げて希望を断たれたイルマは、絶望と共に、それを現実として認めざるを得なかった。

大人には頼ることができない。

と。なぜか大人は『ほうかご』のことが認識できないし、記憶できない。だから、絶対に助けになることはない。

衝撃だった。その事実も、それから確かめるにあたって目の当たりにした、両親の異常な状態も。そのショックも冷めやらないまま月曜日になって、イルマは学校に行って、そして真絢の死が夢か間違いであることを願いながら校内をうろついて——真絢の存在が世界から消えていることを知って、さらに大きなショックを受けた。

なんで。

こんなの、あんまりだ。

死ぬどころではない。記憶から消える。存在が消える。全てが消えてなくなる。漫画でそういう現象を見たことはあるが、いざ現実になって自分の身に迫ると、その理不尽と恐怖がどれほどのものなのか、読んだ時には本当の意味では想像できていなかったと思い知った。それがどれほど絶望なのか、喪失なのか、イルマは理解していなかった。いや、ほとんどの人間が、本当には想像できていないはずだった。

記憶のあるまま残されて、それを目の当たりにした時。

人は感じるのだ。今まで生きてきた人間の人生が全て『消失』するという、この巨大で底なしの穴にも似た現象の実態と、いま自分がその穴のぎりぎりの縁に立っていて、それが自分の身に起こるのだという実感に対する、本能からの恐怖と絶望と衝撃を。

それをイルマは思い知っていた。大部分の人には想像もできない超常の恐怖。

それに、それ以前にだ。『ほうかご』が大人に記憶されないということは、そしてそこで死ぬと存在が消えてしまうということは、つまり『ほうかご』の中でどんなに恐ろしくて酷い目に遭ったとしても、外からは絶対に助けが来ないということなのだ。

なんで。

なんで、こんなことに！

叫ぶようにイルマは思う。

ボクが、見上さんが、何をしたの？　いったい何をしてしまったら、世界からこんな目に遭わされるの⁉

その日、イルマはそんな、自分でも何を求めているのか分からない問いへの答えを求めて、一人で『開かずの間』の前まで行った。

日中の『開かずの間』は、その呼び名の通り開くことはなく、廊下の突き当たりの暗がりの中で、古く、埃っぽく、薄汚れていた。しかし奇妙なくらい固く閉じていて、そこに答えもなければ、隙間から何かの片鱗を覗き見ることさえできず、思わず苛立って扉を強く手で叩いてしまい――――それをよりによってあのネチ太郎先生に見つかって、あの有名な嫌味混じりの説教を、ネチネチと長々と経験することになってしまった。

そして、そんな最悪の気分で、次の『ほうかごがかり』の日を迎えて。

そこでイルマは聞かされた。イルマは、真絢は、そして『ほうかごがかり』はみんな、生贄なのだと。

古来、大多数の人間が生きていくためには少数の生贄が必要で、人間はこの世のものではない存在にずっと生贄を捧げて生きてきたのだと。しかし文明の発達によって大人はそれを迷信として忘れてしまい、そのため大人には見えなくなってしまった世界で、生贄の儀式は続けられていて、それが『ほうかごがかり』なのだと。

何もかも忘れ、何も知らない大人たちと、まだ何も知らない子供たちを守るために、『ほうかごがかり』がある。イルマは、そして真絢は、そのための少数の犠牲として、ただ単純に選ばれた。

どうして。どうして自分が。悪いことなんか、何もしていないのに。

いや、もしかして、イルマがこんなにも臆病なのが悪いのだろうか？　臆病なのがイルマの罪で、卑怯なのが罪で、それへの罰が、これなのだろうか？

おばあちゃんから聞いた『オバケ』も『ハントゥ』も、ほとんどが何かの報いだった。

でも、そんなのどうしようもない。怖いものは怖いし、嫌なものは嫌だ。

ボクは、臆病で、弱い。だから卑怯で、そんなふうにしかできない。

臆病で、弱くて、卑怯。

でも。でも――それでもイルマは、助かりたかった。

綺麗で誇り高かった、真絢は死んだ。

嫌だ。イルマは生きたい。卑怯でも、見苦しくても。

だからイルマは、自分が助かるためには何だってやる。

怖いから。

死にたくないから。

やらなければいけない。自分のする、卑怯で恥ずかしい行いに、心の中で絶望しながら、それでも言うのだ。

「お願い、『ムラサキカガミ』の絵を描いてください！」

その日、昼休みに、啓に向かってそう言って、イルマは頭を下げた。

啓を探して、惺といっしょに廊下にいるのを見つけ、そう頼んだ。それをしている自分への羞恥と悔しさで、パーカーの裾を握りしめながら。

「……はあ？」

啓は、イルマの後頭部の、てるてる坊主のフードと目が合ったまま、固まっていた。

横で聞いていた惺の気配が、さっ、と露骨なくらい変わったが、頭は上げない。自分には『ムラサキカガミ』に立ち向かう勇気もないし、完全な『記録』を作る能力もない。だからこうするしかなかったのだ。

このままでは自分は死ぬ。

あの真絢でさえ助からないのだから、自分が助かるわけがないと、イルマは現実を完全に見切っていた。

自分には、絶対にできない。だったら、誰かにやってもらうしかない。

そして、今の『かかり』で『記録』を成功させているのは、啓だけだ。

だからイルマはお願いする。自分が助かるために。

「お願い、何でもするから……！」

「ちょっと待って」

惺が、即座に口を挟んだ。いつもは不自然なくらい落ち着いた態度の惺が、この時ばかりは取り繕った仮面に綻びができたかのように、語気が強かった。

「瀬戸さん、それはダメだ。昨日、啓にも言ったばかりなんだけど、他の『無名不思議』を『記録』すると、記録したぶんだけ、その『無名不思議』をその人が引き受けることになってしまうんだ」

「……!?」

「いま瀬戸さんが言ってることは、単純に『記録』の作業をお願いしてるんじゃなくて、『身代わりになってくれ』って言ってるようなものだよ。完全に命にかかわることだ。いくらなんでもそれは、『お願い』でやり取りしていい範囲を超えてると思う」

たしなめる惺。それを聞いて、さすがにイルマも動揺したが、だからといって諦めるわけにもいかなかった。それは自分の命を諦めることだった。

それができるなら、最初からこんなお願いはしない。

とはいえ何も言えず、頭を下げたまま、イルマは沈黙する。

「………っ」

もう言ってしまったのだ。いまさら止められない。いまさら引っ込められない。自分のお願いが、最初に思っていたよりもはるかに重くて悪質なものだったと知ってしまったが、それでも止めるわけにはいかなかった。

これは、命乞いをしているのだ。

これを聞き入れられなければ死ぬのだ。そんな命乞いをしているのに、他のものに配慮なんてできるはずがなかった。

そんな余裕なんかない。

だがもちろん自分でも、このお願いが受け入れられる可能性が絶望的に低いだろうということはすでに理解していた。

理解しながらも、イルマは意地で頭を下げ続けた。

ここで秘密の話でもしていたのか、あまり人のいない廊下に、嫌な沈黙が落ちた。

「…………」

「…………」

ずっと頭を下げているので見えてはいないが、好意的でない視線を惺から向けられていることは、後頭部にありありと感じた。

もう無駄だと分かっている時間が、ただ無限に過ぎる。でも、これしかないから、他に何もないから、自分でも絶対に実を結ばないと分かっているこの行為を、ただ卑怯で、みじめなだけの行為を、時間を、イルマは続ける。

だが不意に。

「いいよ、」

啓がさらりとそう答えた時、イルマは自分でお願いしておきながら、その答えがどういう意味なのか、一瞬理解できなかった。

「……………えっ」

「啓⁉」

驚いた声を上げるイルマと惺。だが混乱を極める二人をよそに、啓は淡々とした表情で「なんで自分で言ったのに驚いてるんだよ」と、逆に不思議そうに言った。

「啓、僕は反対だ」

厳しい表情で、惺が言った。

啓は答えた。

「だろうね。知ってる。でも、やるよ。そのうち試したいと思ってたこともあるから、ちょうどいい」

「！」

その答えにあからさまにショックを受ける惺に、啓は小さく笑った。

「なんて顔してんだよ。一応、ちゃんと考えたんだ」

「啓……」

「僕にも手伝わせてくれよ。惺の人助け。惺だけでやるより、僕が手伝った方が、生き残る可能性はだいぶ高くなるだろ？」

「………っ」

その言葉を否定することができず、惺は口を引き結ぶ。啓は対照的な、どこか達観したような、淡々とした笑顔で、そんな惺の腕のあたりを、ぽんと叩いた。

そんな、どことなくイルマを蚊帳の外にしたようなやり取りで、イルマの望むように話は決まった。望外の結果だが、イルマは戸惑うばかりだった。惺が、それでも諦めきれないというように顔を上げる。

その目が救いの蜘蛛の糸を探すように、イルマへと向いた。

そしてイルマと目が合った惺は、強い調子で言った。

「……せ、瀬戸さん、君は、それでいいのか⁉」

「！」

イルマは思わず身を縮めた。

もちろんいいに決まっていた。望んだ結果だ。だがそんなことを面と向かって言うわけにもいかず、口をつぐむしかなかった。

「あとで後悔しないか？　こんな、人を……」

言い募る惺。

「人を殺すお願いをして、いいのか？　死んでくれ、って言ってるんだぞ……！」

「…………！」

顔を直視できず、目を逸らすイルマ。だがそんな惺を、啓が止めた。

「やめろよ、惺」

「啓！　でも……！」

「死ぬのが怖いのは当たり前だよ、惺」

「！」

反論しようとした惺に、啓は言った。その言葉に、惺は驚いたように、目を見開いた。

「当たり前だろ。死ぬのが怖いのも、自分の命が危険になったら、つい他人よりも自分を優先するだろ。生き物なら」

「みんなが惺みたいに、人のために行動できるわけじゃない。だいたい瀬戸さんは年下だ、まだ子供だ。まだ五年なんだぞ」

「っ！」

それを聞いて、塞ぐように自分の口に片手を当てる惺。自分の言ったことに初めて気がついたような、衝撃を受けた顔をしていた。

「啓、僕は……僕は…………」

絞り出すようにしてつぶやいた惺を、啓は淡々と諌めた。

「惺は、そういう弱い奴を守りたいんだろ？」

「違う、啓……僕は、君も……」

「わかってる」

そして何か言おうとする惺に、最後に言い聞かせるようにそう言って、もう一度だけ惺の腕を軽く叩いた。

「わかってるよ。そろそろ行こう。時間だ」

「……」

気がつけば、次の授業の時間が近づいていた。

啓はイルマにも「じゃあ」と言うと、自分の教室の方へと向けて、立ち去って行った。

「啓……」

「…………」

惺は、啓が立ち去った後も、しばらく下を向いて、黙っていた。

そして、やがて小さく、寂しそうに、つぶやいた。

「――啓は……僕から、何も受け取らないんだな。命でさえ」

ぽつりと。

それから不意に、顔を上げる。その時にはもう、惺の顔は今まで見ていたものと同じ、穏やかなものに変わっていた。

あまりにも自然だが、作られたものだと、今なら分かる表情。

そして惺はイルマを見る。思わずイルマは身構える。

「っ……」

「瀬戸さんも、そろそろ教室に戻った方がいいよ」

だが惺は、一言の非難も、叱責もなく、ただそう言った。

そして戸惑うイルマを残して、「じゃあね」と笑顔で手を振ってみせて、自分も教室の方へと戻って行った。

「…………」

イルマは二人の去っていった方を見たまま、しばらく呆然と立っていた。

自分が原因で起こった言い争いと、奇妙なその結末と、それから啓と惺という二人の人間の不思議な在り方に困惑していた。

自分の願いが叶えられたことを喜ぶ余裕もなかった。

イルマはただ戸惑って、しばらくそこに、立ち尽くしていた。

4

十一回目の『ほうかごがかり』。

「……じゃ、始めるか」

イルマの『お願い』を引き受けた啓は、絵具で汚れた帆布のリュックを床に下ろし、同じく汚れたイーゼルにスケッチブックを立てると、布製のペンケースから使う鉛筆を抜き出しながら、おもむろに言った。

この日、啓はイルマの担当する家庭科室に、約束した通りやってきた。完全に絵を描く準備を整えて。そして一人ではなく、もう一人、菊をともなって。

教卓の前に立てられた小型のイーゼルは、二人のイメージでは、砦だ。

敵との間に建てられた砦。対する先にあるのは家庭科室の教卓と、その上に置かれた、楕円形をして金属の台座を持った、それなりの大きさをした例の『鏡』だ。

こうして見る限りでは雰囲気はあるものの、ただの古い鏡で、怪しい現象はもちろん、紫と名前がつく要素すらどこにもない。啓は、そして菊は、イーゼル越しにそれと向き合う。天井に明かりがついていて、それなのになお薄暗い部屋。しゃ――――っ、と天井のスピーカーから漏れて空気を満たしている、微かなノイズ。

その中で啓は、イーゼルの前まで丸椅子を一つ動かして座った。

そしてしばらく、『鏡』を観察したあと、鉛筆を一本小指に挟んだまま、両手でピストルの形を作って、それを組み合わせた四角の中に、『鏡』の全体を構図として収めた。

「……よし」

そしてつぶやいて、始める。

指に挟んでいた最も芯の硬い鉛筆を握り直すと、まだ何も描かれていない真っ白なスケッチブックに、全ての基準になる最初の線を引いた。

「…………」

ここに来ることは、惺には最後まで渋られた。

惺は苦言を呈した。「啓は『無名不思議』を甘く見ている」と。

啓自身としては甘く見ているつもりはない。もちろん危険は認識しているが、それにもかかわらずイルマのお願いを引き受けることにした。だが本当の理由については惺には言っていない。言えば余計に渋られるだろうことが、目に見えていたからだ。

ただ、菊が啓に同行したこと。これは惺にとって意外で、いくらか衝撃だったらしい。

菊は、啓の『目』の代わりとしてここに来ていた。

期待しているのは、あの『狐の窓』だ。啓が『まっかっかさん』を完成させた時の経験を踏まえて、駄目元で頼んだところ、菊は同行を承諾したのだ。

菊は惺にとって、共に去年の『かかり』を生き残った、経験者であり仲間でもある。

惺と同じ経験と認識があるはずの菊が、啓の『暴挙』に付き合うことを決めたのは、惺としては想定していないことだったようで――――しかしそれが最終的には、この『暴挙』を啓が実行することを、渋々ながら認めさせる、決め手になった。

「……堂島さん。危なそうなら、止めてやって」

菊がお目付役を兼ねることで、なんとか引き下がったのだ。そうして啓は、望み通りここにいる。本来の担当であるイルマは来ていない。関わらない、関わりたくないという態度を、彼女は徹底していた。

そのことを啓は何とも思っていないが、惺にひとつ釘を刺された。

「啓。君はそんなことをしない奴だと思ってるけど、念のため。瀬戸さんは怖がりで、『しごと』にも協力的ではないけども、それを『逃げてる』とか『無責任だ』とか言って、非難しないであげてほしい」

イルマが啓に『しごと』を押しつけようとしたことは非難した惺だったが、啓を止めることを諦めた後は、そう言ってイルマの非協力的な態度については非難はしないようにと、わざわざ啓に頼んだのだ。

思ってもみなかった釘を刺されて、思わず聞き返した。

「そんなつもりないけど、なんでわざわざそんな注意なんかするんだ?」

「過去に、そういう例がいくつもあったからだよ」

啓の問いに、惺はそう答えた。

「でもそれをやると、地獄が始まるんだ」

「地獄？」

「うん。僕や啓は、ある程度だけど『ほうかご』を受け入れてて、それから『かかり』として協力し合うことは『ほうかご』を乗り切るのに必要だってことも、何となく分かると思う。でも、そうなると人間は、つい『必要なこと』は『正しいこと』だと考えてしまいがちだ。それでそこからさらに進むと、受け入れないことや協力しないことは『悪いことだ』と考えてしまう。だけど、啓が僕に言ったみたいに、みんながこんな異常事態を受け入れられるわけじゃないし、耐えられるわけじゃない。

それができるのは、はっきり言って普通じゃない。でも『正しいこと』だから、普通じゃない僕らが普通の子を非難してしまうということが、どうしても起こってしまう。でもそれをやると、協力とは真逆の地獄が出来上がるんだ。啓も想像できるだろう？　それで内側から崩壊した『かかり』の代がいくつもあったって『太郎さん』が言ってたんだよ。

そんな代の記録を、僕も読んだよ。みんな認知バイアスと自己保身で正しいことを書いてないから読み解くのが大変だったけど、事実だけ拾い上げても酷いものだったよ。だから一応、注意しとこうと思ってね。でもこれは本当のところは啓よりも、僕の方が気をつけなきゃいけないことなんだろうね」

そう言って惺は、苦く笑う。なるほど、ありそうなことだと啓も思った。惺の自虐には触れずにおいた。イルマを咎めた時に、うっかり口が過ぎたことを気に病んでいるようだと、啓は見てとった。

「…………」

ともあれ啓には最初から、ここにイルマがいないことを責める気などない。むしろ、いわくつきのモデルに対してフラットな気持ちで向き合えるので、初めはその方がいいとまで思っていた。

そして、そのいわくつきのモデルは、無言の啓によって、徐々にスケッチブックに写し取られ始めている。細かくて速い独特の鉛筆使いで、陰影を中心に、モデルを浮き彫りにしてゆくような描き込み。まだ下書きだが、薄い鉛筆の線による、教卓と『鏡』の輪郭と、うっすらとした全体のディテールが、すでにある。

鉛筆が紙の上をすべる音が延々と続いて、白紙の中から彫り上げられるように、だんだんと絵が姿を現してゆく。この段階でもう鉛筆画としての完成した姿を想像できてしまうが、これは実際のところ、あくまでも色を乗せるためのガイドラインにすぎない。

それが出来上がってゆく様子を、菊が固唾を呑むようにして、熱心に見つめていた。始めた瞬間から過集中で、一時間以上、啓は休むことなく描き続ける。そして全体像を描き上げたところで一息ついて、バランスを確認しようとしたところで、うっかり存在を忘れていた菊のことを思い出した。

「――あ」

思わず声を出す。頼んで来てもらったのに、何の相手もせずに待たせていた。

「悪い、呼んだのはこっちなのに、放置してた」

慌てて菊を見て、謝る啓。だが謝られた菊の方も、胸の辺りで手を振って否定した。

「あ、ううん……全然いいよ。だんだん絵ができてくの、見てて楽しかった……」

そして言う。

「絵のメイキング動画とか見るの、好きだから……こんな近くで見れて、すごかった」

「そっか。退屈してないんなら、よかった」

とりあえず胸を撫で下ろす啓。そして立ち上がり、座っていた丸椅子をイーゼルから少し離れた位置まで動かして、改めてそこに座り直し、描いた鉛筆画の全体像を眺めながら、菊に話しかけた。

「……あのさ、やっぱりこうして僕が『ムラサキカガミ』の絵を描くのは、惺が言うほど危険なことしてると思うか？」

家庭科室の机に寄りかかるようにしていた菊は、その質問に、少しだけ表情の明るさと、声のトーンを落として答えた。

「うん……」

「そっか。ごめんな。そんなのに付き合わせて」

その答えを聞いても、しかし啓はそれほど深刻そうにはせず、スケッチブックに描いた絵の確認を続けながら、あっさりとそう言った。

そしてしばらくそうした後、「んー」とひとつ伸びをして。

それからそのまま重心を大きく後ろに傾けて、丸椅子の縁を掴み、足を浮かせてバランスを取ると、その状態で菊を振り返ってもうひとつ訊ねた。

「なあ……堂島さんは、危ないのは分かってるのに、何で惺の言うことを聞かないで、僕について来てくれたんだ？」

「っ……！　えっ……？」

啓の体勢が急に後ろに傾いたので、倒れるのではないかと慌てた菊が、その質問を聞いて我に返った。

「えっ……えっと……あ、あの、私も、誰かを助ける役に、立ちたかったから……」

「ふーん？」

その答えに、納得したような、していないような様子の啓。菊はそんな啓の反応を見て、付け加えて言う。

「あの、わたし……『狐の窓』で『無名不思議』を見るのは、緒方くんに禁止されてて」

「ん？　禁止？　なんで？」

啓の眉根が寄った。

「自分の担当のはいいんだけど……他の担当の『無名不思議』を『狐の窓』で見たら、引き受けて、死んじゃうかもしれないから……」

「……ああ、そうか。僕が言われたのと同じか」

啓は納得して、難しそうに口を歪めた。

「『まっかっかさん』を『窓』で見たって、みんなには言ってないもんな」

「うん……」

啓と菊は、あの屋上であったことを、全ては説明していなかった。

菊は屋上で、『まっかっかさん』によってフェンスの外に連れ出されそうになっていた啓を助けたのだが、みんなに話したのはそこまでで、そのあと啓が菊の協力によって『狐の窓』を覗いたことは、説明から漏れていたのだ。

意図的ではない。たまたまだ。あのとき説明したのは啓だったが、惺ならばとっくに知っていることだろうと思い込んでいて、重要な部分とは考えていなかったし、禁止されていることも知らなかったのだ。

だから惺は、菊を啓のお目付け役にしたのだ。

偶然そうなった、二人だけの秘密。そして啓は、そこで、はっと気がついて姿勢を戻すと、菊の方に身を乗り出して問いかけた。

「そうだ、だとすると、堂島さんは大丈夫なのか？　そっちに『まっかっかさん』は出てるんじゃないか？」

「！　う、うん、たぶん大丈夫……」

その勢いに、菊は思わず、少しのけぞるようにして答える。

「たぶん、見てない……たぶん『狐の窓』をメインで覗いたのは二森くんで、わたしはそれを助けただけだからか——二森くんが絵を描いて『記録』しちゃったから、大丈夫になったんだと思う」

「なるほど……」

啓はそれを聞いて、視線を落とし、考え深げに眉根を寄せた。

「だから、わたしもびっくりして、これで瀬戸さんを助けられたら、って思って……」

「……ああ」

「わたし、『狐の窓』くらいしか、みんなの役に立ちそうなもの持ってないのに、危ないから使うなって、みんな……緒方くんも、去年の六年生も……そうやってわたしをかばって……六年生、みんな死んじゃったから……」

「………」

ただたどしく言葉を探しながら、菊はしかし、それでも思いの丈を、ずっと秘密にしていた思いの丈を、ここに吐き出す。

「だから――次はわたしの番だ、って……」

「そっか」

その重大な告白を聞いた啓は、しかしそれも、あっさりと受け入れた。

そして、啓も応えて言った。

「僕も実は、人のを引き受けても構わないと思ってる」

「！」

目を見開く菊。

「惺には内緒な」

「あ、わたしも……緒方くんに言ったら、絶対、止められるから……」

「だろうな」

慌てたように言う菊の言葉にそう答えると、啓は、にっ、と犬歯を見せ、悪戯っ子のように笑って、その秘密の約束を請け合った。

「共犯だ」

「うん……」

照れたように頷く菊。そして菊は、しばらく腿の前で、絆創膏だらけの両の指を組み合わせてもじもじとしていたが、やがて目をそらしてぽつりと言った。

「あと――二森くんの絵が、好きだったから」

「ん？」

「ここについて来た、理由。あの『まっかっかさん』の絵を見て――それから、学校の玄関に飾ってある絵を見て、好きだったから――協力したいな、って……」

「あ……ああ、うん」

菊がそれを言うと、啓は少し驚いたように、あるいは少し動揺したように、思わず目を瞬かせて、上半身を引いてうなずいた。

「？　ど、どうしたの？」

「あー、いや……」

不思議そうに菊が訊ねると、啓はどこか面映そうに頬を搔いて、言った。

「いやさ、僕、絵を『上手い』って言われたことはたくさんあるけど、『好き』って言われたことはあんまりないな、って思ってさ……」

「え……」

そうして黙る。菊も黙る。そして啓はしばらくそうしてから、不意に椅子から立ち上がり、椅子の場所を動かす。

「……あー……じゃあ、そろそろ頼む」

椅子を動かしながら、菊を見て言った。

「えっ」

「『狐の窓』」

「あ。あっ、うん……」

虚をつかれ、慌てて頷く菊。そしてイーゼルの前に椅子を戻し、また絵を描く体勢に戻った啓が、教卓の上の『鏡』に向かって指で作った四角を向け――菊がそれを背中から抱きしめるようにして手を伸ばし、啓の四角に、自分の指を重ねる。

その時だった。

『――ザーッ――ガッ……ガリッ…………
……か、か、り、の、連絡でス』

突然、砂のようなノイズを流し続けていたスピーカーの音が、激しく乱れ、その騒音の中から、あの校内放送の声が響き渡ったのは。

男とも女とも判別しがたい、かろうじて子供の声と分かる程度の、激しく劣化したスピーカーから出ているようなあの音声。毎週金曜日に『かかり』を呼び出し、集合をうながすあの異様な放送が、少なくとも啓は一度も聞いたことのないタイミングで始まって、体が触れていた二人は互いの驚きがはっきりと分かるくらい飛び上がった。

「!?」

互いに顔を見あわせ、それから周りを見回す。

今まで『ほうかご』の始まりにしか聞いたことのない放送。

どうして今？　いったい何が？　そんな驚きと戸惑いの中、神経を削る無機質な声で、放送は校内の全てに、その『連絡事項』を告げた。

5

イルマは漫画が好きだ。

漫画の主人公たちのようになりたいと思いながら、幼い頃を過ごしてきた。

可愛くて、強くて、賢くて、かっこいい人間に。

でも現実の自分は、あまりにも弱くてバカで臆病で、ただ生きているだけで、どんどん理想から離れた自分になってゆく。

「…………もうやだよ……」

いま家庭科室では、イルマの代わりに啓が『しごと』をしているはずの時間。啓に『無名不思議』を押し付けたイルマ。それによって、自分がいま何もせずにいられるという現状に、イルマは安堵と共に、自己嫌悪も感じていた。

自分が嫌だった。弱くて、卑怯な自分が。

漫画に出てきたらきっと嫌悪感を覚えて、許せなくて、軽蔑するだろうキャラクターに、今まさに自分がなっているという事実が、たまらなく嫌で悲しくて、それなのにどうしようもなくて、たまらなく胸が締め付けられた。

たった一人、『開かずの間』からほど近い廊下の、柱の陰に隠れるように座り込んで、イルマはじっと苦しい物思いに沈んでいた。

ここにいることも臆病と卑怯のあらわれだった。惺も『太郎さん』も信用していないし、反発しているのに、『ほうかご』が怖いので、そんな信用していない相手であっても、人のいる場所から離れることができないのだ。

真絢とも留希とも一緒にいられない時には、イルマはいつもこの場所でじっとしていた。当然『かかりのしごと』には向かわず、『ほうかご』が終わるまで、ただじっと座って、時間が過ぎるのを待ち続けるのだ。

ノイズに紛れる物音と、気配と、周囲の暗がりに怯えながら。

武器がわりに持ち込んだ、大きな裁縫用のハサミを握りしめて。

学校で『ムラサキカガミ』らしきものを見て以降ずっと、イルマは、また見てしまうのではないか、今度は襲われるのではないかとビクビク怯えながら暮らしている。だがあれ以来一度も決定的に『ムラサキカガミ』に遭遇したことはなく、ただ何度も見えた気がして、そのたびに驚いて、飛び上がっていた。

ふとした瞬間に、あの赤紫色が目に入った気がして、「ひっ！」と息を呑む。

だが、見直すとそんなものはないか、別のものを見間違えている。

本当に『あれ』が現れたのか、それとも怯えるあまりに見てしまった錯覚なのか、自分では分からない。

怖い。全てが怖い。

自分の臆病さに絶望しながら、だからといって勇気が出るわけではなく、ただ恐ろしいものに怯えながら、イルマはずっと神経をすり減らし続けていた。

でも――――そんな生活も、もうすぐ終わる。

啓が引き受けてくれたからだ。啓が絵を完成させれば――――いま唯一『記録』を成功させている啓が、それを完成させれば、イルマは助かるのだ。

この恐怖も、きっと終わりを告げる。

他人任せの自分を責める良心の声に苛まれながら、でもそれしか縋るものがなくて、イルマは全力で、それに縋るのだった。

全てを他人に任せて、ただ耐える。

それしかできないから、ただ信じて、待つのだ。

まだ耐えられているから、耐えられているうちに、早く。

今までは何の展望もなく、ここにうずくまっていた。だが今は、その希望を頼りに同じ場所にうずくまって、同じように息を殺して、絵の完成を待っている。

そんな時だった。

『――――ザーッ――――ガッ……ガリッ………』

「………!!」

突然の騒音。イルマの心臓が跳ね上がった。

廊下を砂のようなノイズで満たしていたスピーカーが急に大きく「ぶつっ」と音を立て、それから堰が切れたように、大音量の耳障りな騒音を吐き出しはじめたのだ。

「えっ……えっ……!?」

驚き。戸惑い。この騒音は『ほうかご』の始まるチャイムの後に、『かかり』を呼び出す放送が始まる前兆の音で、そして今のところ『かかり』の時間の真っ最中には一度も聞いたことのない音で、前例のない異常事態に、イルマは思いきり動揺した。

動揺の中、放送が始まった。

『……かかり、の、連絡でス』

あの、男のものとも女のものともつかない、ただかろうじて子供のものであることが分かるだけの音割れした不気味な声が、学校中に響きわたった。

それが告げた。

『ほうかごガかり……の、瀬戸イルマさン……

……は、

至急、家庭科室に………

来て、クださイ』

「⁉」

鳥肌が立った。驚愕した。

ボク⁉

何で⁉

耳を疑った。だが、放送は『くり返シます』と、もう一度その名指しの連絡を繰り返し、誤解や聞き間違いの余地を奪い去った。

声はそこで沈黙したが、まだ放送の回線は繋がっているようで、ガリガリとした騒音が余韻のように残留している。その残滓は、まるで回線を通じてスピーカーの向こうから、呼び出したイルマの動向を見張っているかのようで、少しでも動けば放送の声の主に見つかってしまいそうで、廊下の隅に縮こまったイルマはその場で身じろぎもできなくなった。

「…………………………‼」

スピーカーと空気を介して、自分を呼び出した何者かと、廊下が繋がっていた。

その意思が、廊下を、いや、学校中を見ていた。自分を探す何者かの意識が、途切れ途切れの雑音に乗って、校舎内に満ちているのだ。

廊下の空気が、雰囲気が、変質している。

何かが潜んでいるかもしれない、何かと出くわすかもしれないという、そんな静かで沈静した怖れに満ちていたはずの廊下が、今はガリガリと活性していた。

雑音が、皮膚を、神経を、正気を、引っかく。

それが、自分の存在を探ろうとする見えない指先のように思えて、焦燥に襲われる。

自然と、逃れようと、さらに強く身が縮んだ。

息が詰まった。

緊張が張り詰めた。

これでも少しは見慣れつつあった、異様に薄暗い廊下が、ざりざりと威嚇の音を立てる化け物の口となって、イルマを追い詰め、脅かした。

そして――――

ジジッ、
と廊下の薄暗い照明が、一瞬だけ、消えた。
「!?」
スピーカーの雑音をともなった、一瞬だけのわずかな瞬き。だがその、たった一瞬のちらつきを境にして、廊下の空気が、明らかに変わった。

無音。

音が、なくなったのだ。
あれほどイルマを脅かしていたスピーカーの音が、ふっつりと途絶えて消えた。それは煩い羽虫が蠟燭の火に飛び込んで諸共に果てたかのように、一瞬の瞬きを世界に残し、その後に広大な死の静寂を出現させた。

しい、
しん、

と無音が、空間に広がった。
自分のかすかな、身じろぎの音が聞こえるほどの無音。そんな無音に満たされた空っぽの学校の廊下が、突然目の前に現れて、ずっと彼方まで続いていた。
こんなに学校の廊下は長かっただろうか？　まず、そんなことを思った。塗りつぶしたように黒い、外と教室の、それぞれの窓に挟まれた無人の通路が、ずっとずっと続いていて、自分が思っていたよりも、ひどく遠くで曲がっている。

そして、そんな廊下に。

ぽつん、

ぽつん、

と、赤い光が数個、等間隔に灯っていた。

廊下の壁に取り付けられた、火災報知機の赤いランプ。今の今まで、設置されている数など意識したことのなかった非常ベルのランプが、ぽつん、ぽつん、と等距離に、この虚ろな空間の中ではひどく鮮烈に光って、対面の窓ガラスに色つきの光を反射させていた。

こんなに非常ベルは多かっただろうか？

いや、おかしい。気がつくと、イルマの見ていた学校の廊下は、合わせ鏡の中にできた無限に繰り返す回廊のように、異常にたくさんの赤いボタンとランプが、異常な等間隔で並ぶ無限回廊と化していた。

そして無限に続く窓ガラスに、無限の数の赤いランプが反射していた。

黒い窓ガラスの表面に、じわ、と。

ずらり、と。

映った赤い光。

それらは背景の黒を透かせて、全て濁った、紫色を帯びていた。
染みのように――――赤紫色の光。

気づいた。

それは、てん、てん、と。暗闇の裏打ちによって一面の鏡となった窓に浮かんだ、赤黒い液体が満たされた水槽に懐中電灯を当てているのにも似た、染みのように広がっている複数の紫の鏡だった。

「！」

気づいてしまった。

息を呑んだ。

その瞬間、

ずるん、

とにじんだ紫鏡の中を、何かが動く。

そして、光を当てた水槽の中の魚のように動いたそれは、次の瞬間、そのまま鏡面を通り抜けて、ゆっくりと廊下に顔を覗かせた。

「ひっ……⁉」

それは、赤紫色の皮膚をした頭部。

赤紫色をして、ふやけた肉。それは濡れそぼり、生まれたばかりの赤子の顔面を思わせるものだったが、頭から重く濡れた長い黒髪を垂れ下がらせていて——そしてその顔にあたる部分には、目も口も鼻もなかった。

のっぺりとした顔面が、真横に生えて、こちらへと向いていた。

生えていた。

無数の窓ガラスの、全ての赤い反射から一斉に。

ずらりと、そしてぞろりと生えて。じっ、と一斉に、まるで合わせ鏡の中身が出てきたかのように、いくつも並んで、たくさんの〝目〟でこちらを見た。

「…………‼」

見た瞬間、ぶわ、と鳥肌が立った。

悲鳴を上げかけて、口を押さえ、喉の奥に押し殺した。

等間隔に、一直線に、ガラスからせり出した複数の無貌の女の頭部。目のない『それら』に自分のいる場所を一言の声もなく〝凝視〟されながら、必死になって柱の陰に、押し込むようにして、強く強く身を縮めた。

怖れで身体の芯が冷たく凍りつき、心臓が早鐘を打つ。

目を見開いて、この異様な無限回廊から目を離せないまま、窓ガラスから生えた赤紫色の頭たちに、自分がまだ見つかっていないことを、心の底から強く強く祈る。

その目の前で。

頭が動く。

一斉に。

ずるるっ、

とガラスの表面から、赤紫色の頭がこぼれ落ちるようにして大きくせり出し、そしてその重みが重力に従ってがくんと落ちて、同時に異様に長い首によって支えられて、蛇の頭のように空中に静止した。

それから頭は、ゆっくりと重たい鎌首をもたげる。

そしてそこから、目の存在しない貌で、廊下のこちら側を、さらに強く睥睨した。

じっ、

と。

全ての頭部が。長く伸びた首の先で。

こちらを〝視〟た。廊下が凄まじい〝凝視〟に満たされて、空間に満ちた強烈な視線が、心と世界がきしむほどの重圧となって、あまねく全てを圧しつぶした。

「…………………………………っ‼」

そんな〝凝視〟に、曝される。

すぐに耐えられなくなった。震えながら、ぎゅっ、と強く目を閉じた。

怖い。怖い。目を開けていられなかった。見えなくなることで、もっと危険で恐ろしいことになるだろうと頭では理解していても、この異常な恐ろしい光景を見続けることは、到底できなかった。

じーっ、

いーっ、

と目を瞑った暗闇の中で、自分のいる場所に、視線が突き刺さる。

やだ！

やだ！　助けて！

目を固く閉じ、身を縮め、息を殺し、ただ心の中で悲鳴を上げる。

真っ暗で、虚ろな空間が、ただその視線の存在によって、張り詰める。がちがちと鳴りそうになる歯を必死で噛み締め、独り、悪夢のように、非現実的なまでに張り詰めた緊張に、耐える。耐え続ける。

「…………………………っ!!」

早鐘を打つ心臓。耐える。ただ耐える。

だが。視線は。気配は。だんだんと、だんだんと、だんだんとこちらに焦点を合わせ、そして――

ダ、ダダダ、ダダ、ダダッ、!!

突如、足音が駆け寄ってきた。駆け上がる悪寒。絶叫。〝凝視〟が満ちている静寂の中から、突然激しい足音が迫ってきて、そのまま強い力で腕をつかまれて、イルマは決壊したように甲高い悲鳴を上げた。

「————————————!!」

恐怖。錯乱。悲鳴。

絶叫しながら身をよじったが、二の腕をつかんだ手は離れず、逆に引きずられるように腕を引っ張られて、暗闇の中で横倒しに引き倒された。

「いやあ————っ!!」

「落ち着いて!」

だが、絶叫するパニック状態のイルマにかけられたのは、腕をつかんだ何者かからの、強い調子の声だった。

「⁉」

「助けに来た、避難するよ、立って！　歩いて！」

驚いて目を開けると、そこには緊張の表情でイルマを引き起こそうと引っ張りながら、もう一方の手でスコップの切っ先を廊下の方に向けつつ、じりじりとここから後ずさろうとしている惺の姿があった。

駆け寄ってきて、イルマの腕をつかんだのは惺だった。

「『開かずの間』に行くよ、早く！」

「……っ‼」

強くうながされ、引きずられ、イルマは必死に這うようにしてその場から移動した。涙でろくに前も見えないまま、引きずりこまれるようにして『開かずの間』に逃げ込む。そして、びしゃ！　と扉が閉められた。途端、張り詰めていた、あらゆるものが、切れた。

今まであった異様なまでの『無音』が、切断されたように途切れた。それと同時に強張っていた全身から力が抜け、心の糸も切れた。

「……………う…………っ、うう……う……っ！」

涙の浮かんでいた目が、そのまま決壊した。

ぼろぼろと涙をこぼしながら、座りこむイルマ。惺が荒い息を吐きながら、スコップを構えて扉のそばに立ち、扉の向こうを警戒した。

部屋の中にいて、背を向けたままの『太郎さん』が、おもむろに言葉を発した。

「……何があったんだ？」

「瀬戸さんが、廊下で襲われたみたいです。廊下の窓を恐れてたみたいですが、僕には何も見えませんでした」

息の少し上がった声で、惺が答える。

えっ？　と思った。何も見えなかった？　あの化け物が？　あんなにたくさんいた『貌のない女』のことが見えなかったって言った？　信じられない答えだった。

イルマは混乱する。惺は緊張したままだが、『太郎さん』は皮肉げで、笑いさえ含んだ、危機感の感じられない反応をした。

「本人にしか見えないやつか？　枯れ尾花じゃないよな？」

「…………」

そんな『太郎さん』の反応を背に、入口とその周りに、警戒と怖れの沈黙が落ちていた。

惺の警戒と、イルマの怖れ。じっ、とそれらが続いた後、しばらくして惺が、ようやく潜めていた息を吐いて、胸の辺りで構えていたスコップを降ろした。

「……多分、もう大丈夫」

そして言う。

「うぅ……う……ひっ……」

イルマはもう立ち上がることもできず、声を殺してしゃくり上げ、涙をこぼすだけになっていた。

ぶるぶると指先が震える。身体に力が入らない。頭の中は恐怖と絶望でいっぱいになっている。とうとう来てしまった。真絢のように。真絢があぁなってしまったのと同じように。

嫌だ。怖い。死にたくない。

死にたくない。死にたくない。死にたくない。

このままでは、自分も死んでしまう。あの異常なものに襲われて。もしも、あの窓ガラスから生えた紫色の女に襲われてしまったら、捕まってしまったら、自分はどうなってしまうのだろう？

何をされて、どんなふうに死んでしまうのだろう？

想像もできなかったし、したくない。

想像するのが恐ろしい。

考えたくない。

でも。

「…………先生」

そんなイルマをよそに、惺が細く扉を開けて廊下の様子を確認しながら、『太郎さん』に声をかけた。

「どう思いますか？」

「僕に聞くなよ。こないだの『赤いマント』の時にも言ったけど、全然情報が来てないし、僕はここから動けないんだからさ」

面倒くさそうに答える『太郎さん』。

「『ムラサキカガミ』だと、思いますか？」

「だから分からないって……ただまあ、『ムラサキカガミ』って言葉を二十歳まで憶えてたら何が起こるかは、基本的には語られないから、『これ』が『そう』だったとしても何もおかしくはないね」

そう答えると、『太郎さん』は椅子の背もたれに肘を置いて、振り返った。

「そこの瀬戸さんが、ちゃんと『かかりのしごと』をしてくれれば、少しは話が変わるんだけどね。キミ、サボりすぎて『呼び出し』を受けただろ。僕も『呼び出し』の放送なんか聞いたのは、何年かぶりだよ」

「…………」

イルマは何も答えなかった。

答えられるような状況には、最後までならなかった。

ただイルマは泣き続けた。真絢のようになりたくなくて。

ただ単純に、死ぬのが恐ろしくて。

そして死にたくない、消えたくない理由があって、その理由を胸に抱えて、恐怖に怯えて泣き続けた。

…………

6

「あっ、あの……絵は、『ムラサキカガミ』の絵は、いつ完成しそう？」

イルマは学校の玄関で啓をつかまえて、その質問をぶつけた。

「いま進めてる。普通に絵にするだけなら今週中に完成できるけど——それで『記録』にできるかは、ちょっと分からない」

絵についての質問をされた途端、イルマよりも背の小さな体に、しかしストイックな芸術家の大きな風格のようなものを見せた啓は、難しい表情で口元に手をやって、記憶を探るような視線をどこか脇へとやりつつ、そう答えを返した。

「まだつかめてる感じがしないから、もう少し時間がかかる気はしてる。悪いけど」

「い、急ぐことって……できる？」

「もう急いでる。でも自分の『記録』を描いたのだって、何週間もかかってるんだ。まだ二日しか経ってない」

「う……」

「いつできるかと言われたら、正直に言って全然わからない。でもサボってはいないよ。全力でやってる。そこは信じて待っててもらうしかない」

無常だが正当な、啓の答え。

イルマはパーカーの裾を握って、うつむく。そして話しかけた時の勢いをすっかり失った小さな声で、言う。

「そ、そうだよね……」

週が明けて、すぐの学校だった。

前回の『ほうかごがかり』から目を覚まして、この週末を、イルマはずっと、怯えと不安の中で過ごしていた。

イルマはもう理解した。鏡が紫色になると、そこから『あれ』が現れる。それが『ムラサキカガミ』という化け物で、イルマに取り憑いている『無名不思議』なのだと、前回の『ほうかご』で全貌を見せられて、そのように理解させられた。

状況が進んだ。自分の番になった。

啓が襲われ、真絢が襲われ、今度は自分が襲われる番になったのだ。

何が起こるのか、何に襲われるのか、とうとう目の当たりにした。だが、まだ自分に起こる全てのことが、分かったわけではなかった。

まだ、その先のことは分からないのだ。

一体、『あれ』に見つかって捕まると、どうなってしまうのか？

それが分からない。何をされるのか？　そして、どんなふうに殺されてしまうのか？

そう。

たとえば――――真絢のように？

嫌だ。

イルマは思った。

嫌だ。怖い。あんなふうに死にたくない。

あんなふうに消えたくない。お母さんに、お父さんに、忘れられるなんて嫌だ。

お父さんとお母さんが、自分がいたことも、いっしょに暮らしていたことも、ぜんぶ忘れてしまうなんて。みんなで遊園地に行ったことも、誕生日のお祝いをしたことも、楽しかったことも、お話ししたことも、何もかも忘れられるなんて、嫌だ。

そして、そうやって忘れられてしまった裏で、自分は死ぬのだ。

お父さんにもお母さんにも気づかれずに、たった一人で恐ろしい目にあって、たった一人で寂しく死んでゆくのだ。助けを求めても、届かずに。そして全てを忘れて、自分に子供がいたことも忘れて、お父さんもお母さんも生活を続けるのだ。イルマは怯えて苦しんで死んでいるのに。そんなのは想像するだけで、恐ろしくて悲しくて嫌だった。

嫌だ。

絶対に。

一昨日、『ほうかご』から目を覚ました時に想像して布団の中で一人泣いた、その未来予想を思い出し、イルマは啓の前で、下を向いたまま身を震わせた。

「…………！」

「……まあ、焦るのは分かるけどな」

そんなイルマに、ぶっきらぼうに、しかし思ったよりも親身に言う啓。

「一昨日の『ほうかご』で何があったかは聞いてるし、あの呼び出しの放送なんかは直で聞いてる。僕も死にかけたから、焦るのはわかる」

腕組みして言う。怒らせるかもしれない不躾な催促に来たイルマに対して、しかし啓は腹を立てた様子はない。

初対面の頃から啓に対して感じていた、どちらかというと気難しい芸術家肌で、取っつきづらそうな印象とは違った、意外な気づかい。それを感じた時、イルマは、もしかしたらという可能性を感じて、不意に顔を上げ、思いきって口に出した。

「……ね、ねえ」

言ってみる気になったのだ。

「ボクのお願い、聞いてほしい。できれば、もう一つだけ」

「ん？」

不躾なお願いを、もう一つ。

視線の高さを合わせて。啓の上着の裾の方をつまんで。

イルマは普段はうつむきがちの目を、まっすぐに啓に向けて、その願いを口にした。

「これが終わったら――ボクに絵を教えて」

「は？」

　そのイルマの頼みに、気押されたように身を引きかけながら、怪訝そうな表情になって、啓は疑問を返した。

「な、なんでだ？」

「見上さんの絵を描きたいの」

　イルマは答えた。そうなのだ。イルマは自分の死への恐怖だけでなく、もう一つ、絶対に死にたくない理由を見つけてしまったのだ。

「残したいの。見上さんが――『まあや』ちゃんがいたって証拠を」

「は？」

　イルマは訴える。

「ボクが一番、『まあや』ちゃんの魅力を知ってる。だからボクが絵を描いて、残さないといけない。だって、このままボクが死んだら、『まあや』ちゃんっていう素敵な女の子がいたことを知ってる人が、この世界にいなくなっちゃう。この世界に『まあや』ちゃんがいた、証拠がなくなっちゃう……！」

　訴える。真絢の存在が消えてしまったのを知り、衝撃を受けて、しかしそれでもその事実を徐々に呑みこんだイルマが次に思ったのは、そんなことがあってはならないという激しい焦燥だった。

真絢は特別だった。なのに死んで、何者でもない何かになって、消えた。

あんなふうに死ぬだけでもひどいのに、あの輝きを誰もが忘れてしまった。そんなひどいこと、あっていいはずがなかった。

あの魅力が。あの才能が。あの笑顔が。あの優しさが。

残らない。消えてしまう。誰も知らないままになる。そんな損失が、そんな悲劇が、そんな馬鹿なことが、あっていいはずがなかった。

あんまりだ。どうにかしなければいけないと思った。

でも、真絢がどれだけ素晴らしい女の子だったか知っているのは、もうこの世にはイルマしかいない。

いまや『かかり』の人間しか真絢のことを憶えていないのに、『かかり』のみんなは誰も真絢を特別だと思っていない。ずっと特別として扱っていなかった。そんな人間には、この役目は任せられない。

だったら、イルマが残すしかなかった。

イルマにしかできないのだ。イルマが生き残って、そして何かの方法で、真絢のことを記録して、残すしかないのだ。

どうやって？　絵だ。絵がいい。

ずっと考えていたが、いま決めた。真絢の絵を描く。今からでも描けるようになる。描けるようになりたい。真絢の魅力を一番知っているイルマがそうしなければ。だからイルマはお願いする。

「だから、ボクを助けて。絶対に、『ムラサキカガミ』の絵を完成させて」

静かな、しかし、鬼気迫る様子で。

「それで、そのあとで、ボクに絵を教えて」

すぐ近くまで身を乗り出して、まっすぐに、啓の目を見て。

「すごいワガママ言ってるって、分かってる。でもお願い。代わりに他のことはなんでもするから……」

「…………！」

「このさき一生、言うこときいてもいい。『まあや』ちゃんのために、ボク、人生を全部捨ててもいい。だから――――」

イルマは言った。

「お願い、ボクを助けて」

「…………」

啓は、覚悟を決めたような、初めて見るイルマの強い態度に、困惑の表情を浮かべて、イルマの顔を見返した。

啓は答えた。

「……わかった」

と。

そして、十二回目の『ほうかごがかり』。

絵は、まだ完成しなかった。

7

イルマは追い詰められていた。

あの『ほうかご』が明けて以降、ずっと、『鏡』を避けて暮らしているイルマ。見るのが怖かったし、どう考えても実際に危険だった。そして自分が『あれ』に襲われないようにするための方法が、他に何も思いつかなかった。

そうでなくても、単純に怖い。

だから逃げていた。鏡を、それから鏡になるものを、できるだけ見ないようにした。

それから、できるだけ近寄らないようにしていた。徹底的に。だが、実際に完全にそうすることは、現実には不可能だった。

鏡は暮らしていると、どこにでもある。

そして、鏡ではないけれども鏡になるものは、もっともっと多いのだ。

最初は、そんなものまで警戒していなかった。だが、実際の鏡でなくても、鏡のように映るものからはもれなく『あれ』が現れるのだと、あのとき『ほうかご』の学校の廊下の窓が鏡になったことで、明らかになってしまった。

だとすると、ありとあらゆるガラス、金属、それ以外の光沢のあるもの、全部が鏡だ。

そしてそれらは、あまりにも身の回りにありふれていた。

家の中にも、外にも、もちろん学校にも。

鏡を避けようとして、イルマはだんだんとその事実に気がついてしまい――――それからのイルマは、友達や親から、不審に思われてしまうくらい、日々の様子が変わってしまった。

ずっと下を向き、もう暖かいのに、パーカーのフードを目元まで引き下ろす。

口数もだいぶ減り、教室の自分の席でずっと読書をして、外に遊びにも行かない。

学校が終わると、逃げるように帰宅して、部屋に閉じこもって、カーテンも開けない。

部屋から鏡は追い出した。そしてお風呂や洗面所には絶対に長居しないし、仕方なくそこにいる間は、絶対に、鏡の方は見ない。

ずっと好きだった、ママの作った服を着て、鏡の前でファッションショーのようなことをする遊びも、ぱったりとやめた。

ママに呼ばれて衣装合わせをするのも拒否して、ケンカになった。

鏡の前で調えることもしなくなったので、髪の毛も、服の着方も、身だしなみがあちこち荒れた。自分がどんな姿をしているのか、イルマはいま分かっていなかった。

鏡を避けようとすると、自然とそうなった。

そうなるしかなかった。それでも、鏡が一度も目に入らない日などない。

そこまでしても、いつだってどこかに鏡はあって、時には思いもしない時に、目に入る。そして、見えるたびにびくっとなって――――そこに紫色を見た気がして、激しい不安に襲われて、息を呑み、肌が粟立つのだ。

イルマは、毎日を怯えて暮らすようになっていた。

啓や真絢がそうだったように、とうとう日常が『ほうかご』に侵食されてしまい、そして生まれ持った度を越している臆病のせいで、安心安全に暮らせる場所が、日常の中になくなってしまっていた。

そして――――『ほうかご』は、さらに厳しかった。

現実に『あれ』と遭遇してしまった『ほうかご』の廊下。そんな場所にはもう、怖くて居続けることなど、とてもではないができなかった。

少なくとも、一人では、絶対に無理だ。

しかもあの場所は、『開かずの間』に近い上に、場所としてはただの廊下だ。

こうなってしまって気づいたが、学校とは〝廊下〟だった。自分のクラス以外の教室が、基本的には自由に出入りするものではない以上、通っている子供にとって、学校というのは大半が廊下と言えるのだ。

学校は血管のように廊下が通っていて、それを通らないと、どこにも行けない。

そしてそれらは、一見してイルマが襲われた廊下とほぼ見た目は同じで、加えて外を暗闇に覆われている『ほうかご』の学校は、窓の内側が全て、常に、見る場所によっては鏡になりうるのだ。

そして、そんな廊下には、どの階にも、どの場所にも、必ず一定間隔で、非常ベルのある消防設備が設置されている。

ぽつん、

ぽつん、

と赤いランプが、等間隔に灯っている廊下。それはイルマが『あれ』を見た現場と、ほぼ同じ光景の再現で――そのため『ほうかご』に来たイルマは、その場からもうどこにも動くことができなくなっていた。

イルマは『ほうかご』が始まると、最初の家庭科室の前から動けなかった。家庭科室前の近くの、かろうじて陰になる場所にうずくまって、そこから誰かが迎えに来るまで、一歩も動けなかった。

前回は惺が迎えに来て、『開かずの間』まで送ってもらえるまで、身を潜めてじっと動かなかった。そして『開かずの間』に着いたら、もうそこから出なかった。『ほうかご』が終わるまで、部屋の隅で膝を抱えて、じっとしていた。

もう『あれ』に会いたくない。ただその一心でだ。

次に『あれ』と遭ったら、どうなるか分からない。だからどれだけ見苦しくても、それだけ人に迷惑をかけても、『あれ』が出そうな場所は、行くのも見るのも嫌だった。

助かるために。

生き延びるために。

啓が『記録』の絵を完成させるまで。イルマは『ほうかごがかり』を、逃げ続けることで切り抜けようとしていた。それ以外になかった。

そして――

「……ごめんね」
「ううん、いいよ」

そう謝りながら、留希に手を引かれて『開かずの間』に向かう、この日のイルマ。

十三回目の『ほうかごがかり』。七月が目の前になり、パーカーを着るような季節ではすでになくなってしまっていたが、イルマは今まで通り、わざわざ『ほうかご』にてるてる坊主のパーカーを持ち込んで、フードを深く被っていた。

フードで自分の視界を隠していた。

元々、最初からオシャレと安心のためにパーカーを持ち込んでいた。だが、今はますますそうしないと安心できなかった。

パーカーのフードに頭を包まれ、守られているのを感じつつ、周りは見ない。自分の足元だけを見る。自分の置かれている状況への、恐怖と不安だけでなく、このずっと下を向いた暮らしもイルマの気分を慢性的に落ち込ませていたが、だからといって、今これをやめるわけにはいかなかった。

目を上げれば、絶対に窓が目に入る。

だから、絶対に目を上げない。

そんな行動は危ないだけで意味なんてないのかもしれなかったが、怖いものを見てしまうよりも、何倍もマシだった。もしまた『あれ』を見てしまったら、イルマはきっとその場で限界を迎え、悲鳴をあげてすくみ上がり、逃げることも、身を守ることもできなくなるに違いなかった。

周りを見ないで、留希に手を引いてもらって、イルマは廊下を歩く。

視界の制限された、ただ足元だけが見える廊下。

空気を満たすノイズと、自分の呼吸と足音と、留希の足音。それが今、イルマの感じられる世界の大半だった。

そうやって、今日もイルマは『開かずの間』に向かう。

代わりに『しごと』をしてくれる啓と菊を家庭科室に残して——自分は安全な場所に閉じこもるために。

「……ねえ、瀬戸さん」

その途中、先を歩きながら、留希がふと、イルマに訊ねた。

「瀬戸さんの担当の『無名不思議』って、そんなに怖いやつなの？」

危険な人を優先してみんなで助けようと惺が言い、今日は留希がその役目。率先して引き受けたというよりも、周りに従ったという感じの留希は、『かかり』の中では非常に主張が少ない。その理由は、元々の本人の性格もあるが、それ以上に明らかな要因が、別に存在していた。

「……うん」

「そうなんだ」

頷くイルマに、留希は言った。

「そっか、ぼくが担当してるやつは、そんなに怖くないから、瀬戸さんがここまでする気持ちがわかんないんだ……」

彼の主張が少ない最大の原因が、これだ。自分が担当している『無名不思議』を、留希はそれほど恐れていないのだ。

「他の教室とかにいる『無名不思議』の方が、よっぽど怖いよ……」

あまり語らないので詳しくは分からないが、担当の『無名不思議』は怖い見た目をしていないらしく、怖い目にも遭っていないらしい。そこに加えてイルマほど臆病でもない留希は、他の子に比べると明らかに危機感が薄く、むしろ余計なことをすることの方に及び腰で、余計なことをして他の『無名不思議』と接触してしまうことの方を、ずっと強く恐れていた。

「…………うらやましい」

ぼそ、とフードの奥で、イルマはつぶやく。

「えっ？　なにか言った？」

「なんでもない」

思わず本心が漏れた。聞き返す留希に、イルマは小さく首を振った。

妬ましかった。どうして自分はこんな怖い目に遭っているのに、留希はこんなに平気そうな顔をしているんだろう。

同じ『ほうかごがかり』なのに。同じように巻き込まれたのに。同じ五年生なのに。何でこんなに違うんだろう。最初は二人だけの五年生として、信用できない六年生や顧問ばかりがいる中で、せめて自分たちだけは味方同士でいようと相談しあっていた。なのに、どうしてこんなに状況が違ってしまったのか。

なんで？

うらやましい。

不公平だ。できることなら立場を代わってほしい。

でも同時に、わざわざ手を引いて送りに来てくれている留希に、そんな感情を向けてしまう自分への自己嫌悪にも襲われた。嫌だった。この状況も、自分自身も、何もかもが、嫌でたまらなかった。

「……」

でも、それでも、耐える。

死にたくない一心で、死にたくなるような全てに、歯を食いしばって、耐える。

耐えられる。啓の『絵』が完成しさえすれば——全てが報われるのだから。

だから、啓の『絵』が進んでゆくのを、あと少し、あと少しと見守りながら、それを希望として、イルマは耐え続けることができていた。

啓が描いている『ムラサキカガミ』の絵は、素人であるイルマの目から見ると、すでに完成しているとしか思えないくらいの状態になっていた。

見せてもらっていた。イルマの希望は、形のある進捗として常に目に見えていた。

それもあって、かろうじて耐えられている。それに、あれからイルマはその影に怯えつつも当の『ムラサキカガミ』には遭っていない。イルマがこれほど警戒しながら生活していることもあるだろうが、もしかするとすでに『絵』の効果が表れているのではないかとも思えてしまい、心の隅に浮かびそうになる、喜びと油断を、抑えつけるのに必死だった。

あと少し。

本当に、あと少しなのだ。早く。早く。

「…………早く……………！」

イルマは、あとほんの少しで助かるという、その希望に心の中で縋りながら。

ぼろぼろの心と体で、床だけを変わらず見つめて、『開かずの間』に向けて『ほうかご』の廊下を歩み続けた。

†

その頃。『ほうかご』の家庭科室。

部屋の前のイルマを留希に任せて送り出し、絵を描き始めて、しばらくしてからのこと。啓はイーゼルに立てかけたスケッチブックに、これまでずっと悩みに悩んでいた、最後の一筆を描き入れた。それからゆっくりと紙面から絵筆を離し、カタ、と小さな音を立てて、台の上に置く。

「…………」

絵は完成した。

調理台のついた教卓の上に置かれた、一台の鏡を描いた、写実的な絵。

啓は息を吐く。だがしかし、ようやく描き上げたというのに、啓の表情は明るいものではなかった。むしろその表情は厳しいもので、たったいま自分が描き上げたばかりのそれを、口元を引き結びつつ見つめていた。

「……」

「二森くん……」

隣にずっと立っていた菊が、やはり困ったような顔で話しかけた。

「これ、やっぱり……」

「うん」

絵の方を見たまま、啓が答えた。

「まずいな。どうしよう」

そして言う。

「迷ってたけど、やっぱりこれは『ムラサキカガミ』じゃない。ただの鏡だ。瀬戸さんを襲ってる化け物は――多分、これじゃない」

8

報告を『開かずの間』で聞いて、イルマは頭が真っ白になった。

「えっ……」

「悪い。そんなことがあるとは考えもしなかったから、結論するのに時間がかかった。でも間違いないと思う。家庭科室のあの鏡は、『ムラサキカガミ』じゃない」

啓は言った。その報告はイルマの理解の全く外で、頭が理解を拒絶して、何を言われているのか分からなかった。

だが、時間が過ぎるうちに、頭は勝手に、だんだんと理解する。

そして、そんな理解と呆然の後にやってきたのは、目の前が暗くなるほどの絶望と、それからパニックだった。

「えっ……嘘……えっ……!? じゃ、じゃあ、『絵』は!? 『記録』は!?」

「やり直しになる」

ほとんど金切り声で訊き返すイルマへの、啓の答えは無慈悲だった。

「何が『ムラサキカガミ』なのか、探すところから、やり直さないと」

「そんなっ!? やっ、やだよっ……!! なんとかして! なんとかしてよっ!!」

「どうにもならない。悪いけど」

首を横に振る啓。その返答は冷酷としか言えないものだったが、それを言う啓の表情は極めて真摯で、嘘や誤魔化しを良しとしない職人のものだった。

「『記録』は続ける。途中で投げ出したりはしない。また最初からになるけど」

啓は言う。

「また時間がかかるけど、必ず描き上げる。頑張って耐えてくれ」

「無理っ!! 無理だよ、ボクっ……!!」

悲鳴を上げる。ずっと耐えてきた。ずっとずっと耐えて、今にも限界になりそうで、でも明日にも完成しそうな『絵』がそこにあったから、完成しさえすれば全部終わると思っていたから、なんとか今まで耐えていたのだ。

なのに、またこれから同じように何週間も耐える生活をするなんて、無理だ。

今度こそ死んでしまう。死ぬ。心が壊れる。それに、もしそうならなかったとしても、いずれまた『あれ』が現れたら、今度こそ終わりだ。いつなのかも分からないタイムリミットまでの時間を、もう随分と使ってしまったのだ。

「無理……っ!!」

部屋の隅に座り込んだまま涙を流し、駄々っ子のようにかぶりを振るイルマ。

そんなイルマに、菊がそっと近づいて気遣わしげに手を差し伸べるが、イルマはその手を払いのけた。

「……」

はたかれた手を押さえて、悲しげな表情で下がる菊。

イルマは泣きじゃくる。ぐしゃぐしゃの感情。そのかたわらで、啓はひどく冷静に、厳しい表情でスケッチブックを開いて、つい先刻描き上げたばかりの家庭科室の鏡の絵を、もう過去のものとしてめくって、新しい白いページを棚に立てかけた。

「次を、急がないと」

そして、その白い紙を見ながら、啓は皺を寄せた眉間に拳を当ててつぶやいた。

「今度こそ間違いなく『ムラサキカガミ』を描かないと。でも、あの鏡じゃないとすると、本当に描かなきゃいけないのは何だ？」

すぐにでも次の絵に取りかかるつもりらしい啓は、しかし何を描くべきか分からず、もどかしげな様子で、部屋にいる人間に聞かせる疑問を発する。

今『開かずの間』に来ているのは、イルマと啓と菊だ。啓の疑問に、惺ならば何か考えを述べることができたかもしれないが、その惺は不在で、イルマはもちろん菊も、何も答えることができない。

だが、代わりに口を開いた者があった。

最初からこの部屋にいて、ずっと無言でいた『太郎さん』だ。

「……僕は、瀬戸さんから『鏡が紫に見えた』と聞いたから、担当の『無名不思議』に『ムラサキカガミ』って名前をつけたんだけどね」

後ろ姿の『太郎さん』は、キャップを閉めた万年筆を白髪頭のこめかみに当て、言う。

「なのに、それがもし勘違いとかで、最初の情報が間違いだったら、もうその段階から分析の前提が、全部御破算になるよ？」

「……！」

しかし『太郎さん』の物言いは、惺というストッパーがない今、絶望的に厳しかった。場の緊張を和らげようなどという意思もない。啓の眉間の皺が深くなる。イルマが自分を抱く腕に痛いほどの力がこもった。

「僕もさ、これでも情報が全然ないなりに、全然協力してくれない瀬戸さんのために、『ムラサキカガミ』について調べたり、考察したりしてたんだよ」

そもそも『太郎さん』の言い分は、趣旨がイルマの報告への不服だった。

「それだけじゃなくて、他の関係がありそうな、たとえば『鏡』についての七不思議も、片っ端から調べたりさ。それも前提が間違ってるなら、全部無駄じゃないか」

椅子の背もたれに肘を乗せて振り返ると、『太郎さん』はイルマを見ながら、くどくどと愚痴を言う。

「色々調べたし、『ムラサキカガミ』が紫である意味は何か、とか考えてたんだよ？　古代では動脈の赤と静脈の青が混じった紫は生贄の色で、さらに生贄の儀式をしてた古代メキシコの神『テスカトリポカ』が『曇った鏡』を意味する言葉だから、そういうことか？　とかさ。

あと、受難のキリストは赤紫色のガウンを着て描かれてて、キリスト教美術では紫は受難と死と喪を象徴する色だから、それか？　とか。他にも閻魔大王が亡者の罪を映す『浄玻璃の鏡』の『玻璃』は水晶のことだから、それが紫水晶でないとも限らないよな、とか、そんなトンデモなことまで考えたんだよ？　僕は」

馬鹿らしい、恥ずかしい、損した、と。『太郎さん』は裏での苦心を開陳しながら、愚痴とも当てこすりともつかない自嘲を口にして、しきりに嘆いた。

啓はそれを無視して、自分の考えを口にした。

「……瀬戸さんは、そこの廊下で襲われたんだよな。だったら廊下を描けばいいのか？」

「キミさあ……」

渾身の嘆きを無視された『太郎さん』は不服そうに口を歪め、それでも仕方なさそうに、皮肉っぽい助言を投げた。

「そうするなら別に止めはしないけどな、キミはそれで、『無名不思議』の『記録』をしたことになると思うか？」

「む……」

啓もそうは思えなかったので、黙るしかない。

そんな啓に少しだけ視線を投げて、『太郎さん』は続けて、ため息まじりに言う。

「ま、僕もキミに少しくらいは期待がなかったわけじゃないけど、結局『無名不思議』に直接曝されてるのは担当の『かかり』なわけだから、担当者が『記録』する以上の情報はないってことだよ」

「……」

「ま、当たり前のことだけどな」

言って、大袈裟に肩をすくめる『太郎さん』。だがそれを聞いた啓は、考えこむあまり下を向いていた顔を上げると、しゃがんで泣きじゃくるイルマにつかつかと近づいて行って、その正面にしゃがんで、両肩に強く手を乗せた。

「瀬戸さん」

「⁉」

びくっ、と身を縮めるイルマの顔を覗きこんで、啓は呼びかけた。

「教えて。瀬戸さんは今まで、どこで、何に襲われた？　どんなものを見たんだ？」

「…………‼」

問いかけられるが、イルマは何も答えられなかった。

「考えてみたら僕は君が襲われた『何か』を、一度も直接見てないし、全然知らない。瀬戸さんを襲ってるモノを直接描いたことは一度もないんだ。多分それは、『記録』のために必要になる」

「う……うぅ……っ！」

感情と頭の中が、ぐちゃぐちゃになったままだった。希望はめちゃくちゃに壊れたままで、何もまともに考えられなかった。

死んじゃう！

死んじゃうんだ！

それ以外に、何も考えられない。

もう嫌だ。もう終わりなんだ。頭の中を、真っ暗な恐怖と絶望と混乱が、終わることなくかき乱して、言葉なんか出ない。

死にたくない！

死にたくない！

顔を覆い、目を大きく見開いて、しかし何も見ずに涙を流し続けながら。

死にたくない！　イルマは、啓の言葉もまともに頭に入らないまま、ただひたすら心の中でそんな叫びを上げ続けた。

やりたいこともできたのに。

生きなきゃいけないのに。

死にたくない！

死にたくない！

死にたくない！

頭の中が、恐怖の叫びであふれて。
そして――

死にたくないよ、見上さん――！


全てが、その思いに塗りつぶされた時。

突然、

どろっ、

とイルマの視界の全てが。赤紫色に染まった。

「えっ？」

「!!」

いきなり赤紫色を帯びた景色の中で、イルマの顔を覗きこんでいた啓が、ぎょっ、とした顔になって後退った。何が起こっているのか分からないまま視線を上げると、濡れて焦点の合わない赤紫色の世界になった、『開かずの間』の光景があった。

明るい部屋の光が赤紫色に乱反射して、見えている景色が滲んでいた。そしてそんな赤紫色に滲んだ世界の中で、ひときわ鮮やかな紫。思わずそれを見てしまった。目の前にいる啓の、その背後にある棚に、その赤紫色は、立てかけられていた。

それは真四角をしていて、まるで世界に開いた窓のようだった。

それはスケッチブックだった。何も描かれていないスケッチブックの、空白のページ。その純粋で汚れのない白が、フィルターをかけたかのように鮮やかな赤紫色に染まっていた。

それが、まるで窓のように――――

いや、鏡のよう、に――――イルマには、見えたのだった。

「⁉」

そして。

その『鏡』から。

ぞろん、

と濡れた長い黒髪がはみ出て、垂れ下がった。

それから、赤紫色をした指が、『鏡』の縁を中からひたとつかんで。

そして、

――ずる、

と『鏡』の中から、無貌の頭がこちらへと這い出したその時――イルマは全身の毛が逆立つほどの悪寒とともに絶叫を上げて、弾かれたように立ち上がって、『開かずの間』から外の廊下へと飛び出した。

「きゃあああああああああああっ――!!」

逃げた。啓が、菊が、驚いて制止しようとしたのが視野の端に見えたが、全て振り切り飛び出した。開けっぱなしだった扉から廊下へと駆け出して、濃く赤紫色を帯びた廊下を凄まじい恐怖に追い立てられて、走り、走り、走り、逃げた。

白い壁も天井も床も、そして光を反射する窓も、全てが赤紫色に染まっていた。血染めにも内臓にも似ている色に染まった廊下。その中を錯乱しながら駆け抜け、突然変貌した、どこにも逃げ場の見当たらない紫の世界の中を、絶叫しながら、ただただ恐慌のままに滅茶苦茶に走り続けた。

滲んで揺らいで、万華鏡のように壊れた視界の中、逃げる。走る。

廊下の形をした紫の万華鏡の中を、もはや床も壁も天井も分からないまま、手足を振り回すようにして、恐怖の悲鳴を撒き散らしながら走る。

赤紫色でぐちゃぐちゃの視界、世界、そして頭の中。

その赤紫色の中から、赤紫色の『何か』が、行く手をふさぐように次々と這い出して、次々と姿を現し、イルマは叫んだ。

血にまみれて産まれるように、ずるずると手が、髪の毛が、顔のない頭が、紫色の中から現れる。そのたびに悲鳴を上げて、避け、逃げ、廊下を次から次へと曲がり、階段を手当たり次第に転がるように下って上って、赤紫色の校舎の中を、終わりもなく逃げ回り続ける。

足が、体が、肺が、壊れそうだった。

だが足は、悲鳴は、止まらない。止まれば死ぬのだ。終わりなのだ。

だがいずれ力は尽きる。走れなくなる。歩けなくなる。

終わる。死ぬ。助けて。涙を流しながら、とうとう来てしまった終わりの時を、必死で逃げた。それしかない望みに賭けて。その先に望みのないまま。

「…………っ!!」

死にたくない。消えたくない。

だが、逃げる先、振り向く先、目を向ける先、あらゆる場所に『それ』がいる。

そして無数の怪物がうごめく、めくるめく赤紫色の世界の中で、とうとう振り絞る力が、完全に尽きた。

「あっ⁉」

重く棒になった足がもつれ、転倒した。ばちんと床に叩きつけられる体。必死になって起き上がろうともがいたが、しかし限界に達していた体は少しも言うことをきかず、すぐには立ち上がることができなかった。

「ううっ……!」

這うように身を起こし、壁にすがりつき、壁を支えに、なんとか立ち上がった。だが再び走り出すことはできない。もう体は動かなかった。意志だけが先に行き、顔だけが上がって、視線だけが前へと向かう。その視界には、滲んだ赤紫色に染まっている同じような廊下の景色が延々と続いていたが——その彼方に、唯一ぽつんと、まぶしい光が灯っているのが、そのとき不意に目に入った。

「あ……」

その光が何か、イルマは知っていた。

一瞬、呆然と動きを止めたイルマ。そして少しの空白の後、再び動き出したイルマは、壁づたいに必死になって、その光を目指した。

あまりにも強く鮮やかな、赤紫色の光へ。

四角い光へ。そして、やがてたどり着いたのは、廊下の中でぽつんと煌々と明かりを灯している、壁に開いた〝入口〟だった。

『いる』

そこには、張り紙が貼られていた。

その隣に扉のない、四角い入口が、口を開けていた。

中が光に満たされて、まるで赤紫色の光を放つ、一枚の大きな姿見のようにも見える、その入口。

それは――

『赤いマント』

イルマがたどり着いたそこは、あの事件から後は一度も近づいていない、かつて真絢が担当していた、『赤いマント』の出る女子トイレだったのだ。

その入口の前に、イルマは立った。

紫色の鏡に見える、今までなら二重の意味で避けていたトイレの入口の前に呆然と立ったイルマの口から、声が漏れた。

「『まあや』ちゃん……」

一度も本人には言えなかった呼び方。そんなイルマの目の前、入口の奥の、赤紫色の光の中に、一人の人影が立っていた。

赤紫色の人影。細い人影。

長い黒髪。高い上背。細長い手足。全体的に歪んだ造形と、赤紫色の肌。

それは、今まで鏡から出てきて、イルマを脅かしてきた『ムラサキカガミ』の怪物と同じモノだった。だがそこに立ち、忘我の状態で、初めてそれを真正面から見つめたイルマは、気がついてしまった。

それが、一体何なのか。

答えを、たった今、つぶやいていた。

『まあや』

気づいたのだ。その怪物が、真絢であることに。

おぞましく変わり果てているが、その髪も、背も、手足も、シルエットも、真絢であることに間違いないと気がついた。イルマだからこそ、気がついた。あたかもコピーを繰り返したように、劣化しつくした、真絢の姿であることに気がついた。

「――――――」

背後で。

周囲で。

紫色の世界の中で、無数の『まあや』の気配がうごめいた。

まるでイルマをうながすように。イルマはその意志に従うように。ただ紫色をした女子トイレの中に立つ『まあや』だけを見ながら、一歩中へと足を踏み入れた。

その時に、ふと気がつく。

体を支えて、手を当てていた入口の壁が、べったりと血で汚れていた。

見るとそれは、自分の手から移った血の汚れだった。

自分の手を見た。今の今まで、自分の涙で濡れていたとばかり思っていた手は、涙ではなくて、血で真っ赤になっていた。

「え?」

手が、そしてパーカーの胸が、血で赤紫色になっていた。

鏡を見た。足を踏み入れたトイレの、手洗い場に並んだ鏡に、自分が映っていた。

精魂尽き果て、幽鬼のような顔に、見開いた目、そんな自分が。そしてその目から、滂沱の涙を流していて――

目の中に溜まり、頬を濡らして滴り落ちるその涙は、濃い赤紫の、血の色をしていた。

あっ。

不意に、全部気がついた。

気がついた。この『ムラサキカガミ』が、何なのかに。

やっぱり鏡なのだ。紫色の――自分が映る鏡。

紫色に――死んで腐った、自分の将来が映る、不幸の鏡なのだ。

思い出したのだ。

イルマは、真絢のようになりたかった。

真絢のような女の子になりたかった。でも自分では無理だとも知っていた。だから、できれば憧れのヒロインである真絢から、手を差しのべてもらって、手を引かれて、同じ場所まで連れて行ってほしいと思っていた。

だが、それは叶わない。

最初から叶うわけがなかったし、叶う希望も無くなった。

そして次に、消えてしまった真絢を世界に残したいと願った。自分の全てを引き換えにしてでも。だがそれも、思いついた時の熱に浮かされたような想いが過ぎて、現実的に考えてしまうと、叶うわけがない願いだった。

紫の鏡に映り、現れた、失敗した絵のような、真絢の姿。

劣化した真絢の姿。真絢になろうとしてなれず、死に果てて腐った、紫色の姿。

それはまるで、イルマの見た夢の死骸のようで。いや、まさにそのもので――イルマは恐怖した。それを直視しようとせず、ただひたすら拒否して、恐怖した。

だが、今は。

全てに気がついた、イルマは。
夢は叶わないのだと気がついて、それを事実として目の当たりにした、イルマは。

「――――連れて行って。ボクを」

巨大な落胆と、それから奈落のような安堵と共に。
目の前に立っている血の色をした自分の夢へと向かって、最後の夢を口にして、自分から手を差し出したのだった。

9

「……泣いてた瀬戸さんの涙が、いきなり血に変わった」

啓は説明する。
悲鳴を上げ、『開かずの間』を飛び出して行ったイルマを追いかけようと、いきなりの事態にもたつきながらも部屋を出た啓と菊は、すぐに騒ぎを聞いて駆けつけてきた惺と合流して、走りながら状況を説明した。

「僕の目の前で、瀬戸さんの目から出てた涙が、急に透明な水から、赤い、血の涙に変わったんだ」

走りながらの、途切れ途切れの説明。

「それで──そのとき、見たんだ。血の涙で、赤くなった瀬戸さんの目の中に──血の涙のせいで、赤くなった目に反射して──映ってた部屋の景色の中に、『顔のない女の子』がいた。赤くなったスケッチブックから這い出してた。だったら『ムラサキカガミ』は家庭科室の鏡じゃない。瀬戸さんの目のことだったんだ」

「！」

啓の結論を聞いて、驚きに息を呑む惺。その隣を走りながら啓は、息を切らせながら厳しい悔恨の表情で、それを口にした。

「僕の描かなきゃいけないものは、それだった。『無名不思議』を見ようとしたら、人を見なきゃいけないんだ。気づくのが遅かった……！」

悔恨を吐いて、啓は走る。

校舎のどこかで、途切れ途切れに響き渡る、イルマの悲鳴。闇とノイズに食い荒らされてすぐに痕跡が失われるそれを追いかけながら、啓は悔いる。歯噛みする。

イルマの瞳に映っていた『それ』は、現実の部屋には存在しなかった。

イルマは他の人には見えない『怪物』を見て怯えていた。だとしたら、その時点で気づくべきだったのだ。『怪物』は、イルマの目の中にいるのだと。

イルマの目の中で『怪物』が育っている間、啓は見当違いにも家庭科室の静物画など描いていた。致命的な時間のロスだ。あの無駄な時間がなければ、啓はとっくに着手していたし、今の状況もなかったはずだった。

描くべき題材を間違えるなんて、絵描きとしての致命的なミスだ。

ピンと来ていないものを、何かをつかみかけている確信さえ持てないまま、惰性で描き続けるなんて、啓の意識からすると堕落以外の何物でもなかった。

普通の絵ではないからといって、何が違うのか。

やり直したい。やり直させてほしい。啓はイルマを追う。助けないと。今なら、描けるはずなのだ。

「……っ！」

大半のことに鷹揚で興味の薄い啓が、身の内に抱えている数少ない狂熱。

それに駆られて啓は走る。追う。悲鳴は聞こえない。聞こえなくなった。だが階段を駆け上がって、最後に聞こえた手がかりを追って、そして血の痕を追って、とうとうそこにたどり着いた。

イルマが、トイレの中へと消えようとしているところに。

何かに引かれるように、手を前へと差し出して、『赤いマント』の現場へと、消えようとしている姿に。

「瀬戸さん！」

啓は叫ぶ。イルマが呼びかけに反応し、振り返った。だが遠く見る、目から血を流すその顔は、血の気を失って、まるで死人のようだった。

そして――

笑った。

イルマは血だらけの顔で。

啓を見て、花のように笑った。

そして衝撃を受ける啓が見ている前で、そのまま元のように何かに手を引かれて、あの惨劇のあった明かりの中へと消えた。直後、惺が、啓を追い抜いて走る。そして、イルマが消えて行った入口に駆け寄ると、イルマをつかんで引き戻そうとして、明かりの中に突っ込むように手を伸ばした。

瞬間、

ばちん、

と幕を落としたように、明かりが消えた。

一瞬で暗闇に閉ざされた入口。それと同時に、今まさにその中へと思い切り手を入れていた惺が、「うっ⁉」と声をあげて、慌てて手を引き戻した。

その手の先に、

だらん、

とぶら下がる、大きなてるてる坊主。

それは首根っこをつかまれたイルマのパーカーで、中身は存在しなかった。光の中へと消えたイルマをつかんで引き戻そうとしたが、つかんだパーカーだけが脱げて惺の手に残され、イルマ自身は暗闇の中に残されたのだ。

「…………⁉」

息を乱して追いついた啓が、愕然とした表情の惺と、パーカーと、真っ暗闇に閉ざされたトイレの入口を見る。

さらに遅れて菊が追いついて来て、把握できないまま、呆然と状況を見つめる。

そして、

ぱっ、

と入口が瞬いて、中に明るい光が戻った。

啓が、惺が、急いで中を見たが、中にはイルマの姿はなく、ただ袋に詰められた真絢の亡骸がぶら下がった、奥の個室と――――

その隣にぶら下がった、

真新しい赤い袋がもう一つ、真新しい赤い血を、便器の中へとしたたらせていた。

…………………………

……………………………………

†

「……僕の力不足だった」

　啓は、下を向いて、低い声で言う。

　惺が言う。

「いいや、啓の責任じゃない。そもそも瀬戸さんが、啓に押しつけた『しごと』だ。しかも自分は何も協力せずにだ。瀬戸さんは、自分の『しごと』を啓に押し付けて逃げたんだ。瀬戸さんがもっと協力的だったら、結果が違ってた可能性は充分高い」

　そう啓を擁護して言う惺だったが、その声も、決して平常ではなかった。

「僕は正直、このことに自己嫌悪も感じるけど、少しだけ瀬戸さんに対して怒ってる」

　言葉は、イルマを非難している。

「啓が気に病むことじゃない。この結果は可哀想だけど、確実に、瀬戸さんが招いたことでもあるんだ」

　そのように惺は言い切ったが、むしろその言葉に込められた感情は、自分を責めて傷つけているかのようで、そして啓もその言葉にされた慰めを、首を横に振って、頑として受け入れなかった。

「僕は、それを分かってて引き受けたんだ」

きっぱりと、啓は言った。

「それでいいと思ってた。瀬戸さんが逃げるのに協力したんだ。それに失敗して、死なせたんだ僕は。だいたい描く題材を間違えたなんて、力不足以外の何物でもない。よりによって絵に手を抜いた。そう言われても仕方がないんだよ」

「……」

惺が口をつぐんだ。啓の言葉にあったのは、イルマへの謝罪や悔悟ではなかった。いや、謝罪と悔悟も含まれてはいたが、最も強く帯びていたのは、謝罪や悔悟を大きく上回る、絵描きの誇りと執念だった。

だから、

「………悔しいな」

低く、啓はつぶやいた。

落としたままの視線。その視線の先にあったのは、単なる地面ではなかった。

啓だけではない。惺が、菊が、留希が、みんな話しながら、聞きながら、同じ場所を見つめていた。地面に置かれた懐中電灯の光に照らされたそこにあったのは、今しがた出来たばかりの、真新しい墓だった。

真絢の墓の隣に立てられた、真絢の墓よりも小さな、十字に組んだ木の棒の墓標。

その上には、てるてる坊主のパーカーがかけられている。

血で汚れた白いパーカーが、風に揺れる。あまりにも、寂しい弔い。だが、それ以上のことを、小学生四人にはできなかった。せめて真絢の隣にすることだけ。イルマが選んだ最後の場所が、そうだったように。

「……隣同士で、せめて、幸せならいいけど」

墓標を見下ろしながら、留希が小さくつぶやいた。

真絢を除いて、イルマと一番たくさん話していたのは留希だ。真絢への憧れも、本人の口から聞いていた。墓を作るなら真絢の隣にしたいと、控えめながらもみんなに提案したのも、留希だった。

「憧れてて、見上さんみたいになりたかった、って言ってた」

「そうか……」

惺は、暗鬱にうなずいた。

「なるほど、僕が、最後に瀬戸さんを見たけど――現実の瀬戸さんは手を前に伸ばしてただけだったけど、鏡に映った瀬戸さんは、見上さんに手を引かれてたよ」

そしてどこか納得したように、そうイルマの最後の様子を話した。

その情景が想像されたのか、みんなの間に重苦しい沈黙が落ちる。

しばらくの後、口を開いたのは啓だった。

「じゃあ、僕が瀬戸さんの目に映ってるのを見たのも、見上さんだったのか」

最後にイルマの目を見た啓は、言う。

「鏡の中の、将来の憧れに連れてかれたのか」

「なるほど」

墓を見ながら、淡々と。それを受けて惺が、また口を開く。

「瀬戸さんは、将来の夢に殺されたってわけか」

そして珍しく皮肉げに。

「考えてみたら、二十歳までに忘れなきゃいけない『ムラサキカガミ』は、穿って見たら、将来の夢そのものだよな」

「惺、お前、『太郎さん』みたいなこと言ってるぞ」

そう指摘した啓に、はは、と自嘲気味に、惺は短く笑った。

「つい、ね。納得してしまったから」

そして言う。

「当たり前だと思って。だって僕らには——その将来がないかもしれないんだから」

「惺」

啓が強めに声をかけた。強く腕をつかんだ。

「お前、目の前で瀬戸さんを持ってかれたんだ。休んだ方がいい」

「いや、大丈夫……」

「大丈夫じゃない。少し休め。もう行こう」

引っ張って、校舎に向かう。心配そうな表情の菊と留希も、後に続く。やがて校庭に、誰もいなくなる。


無数の墓標が並ぶ、グラウンド。

その中に新しい墓標が、また一つ増えた。


黒い空が、それを見下ろしていた。

立ち並ぶ無数の墓標の中を、今しがた立ち去った四人の影は、そこに存在するあらゆるものを影へと変える暗闇の中で——まるでこれから立てられようとしている、新たな四つの墓標であるかのようだった。

六話

『テケテケ』

ある男子が校庭でサッカーの練習をしていると、
窓から上半身を出して、練習を見ている女の子がいた。
「こっちに来て近くで見なよ」と男子が呼びかけると、
女の子はぴょんと窓から飛び降りた。
女の子は上半身しかなかった。
そして驚いて逃げた男子を、腕を使って
「テケテケ」と走って追いかけてきたという。

1

『日付』　7月7日
『担当する人の名前』　堂島菊（どうじまきく）
『いる場所』　四年一組
『無名不思議の名前』　テケテケ
『危険度』　？

『見た目の様子』　？
『その他の様子』　？
『前回から変わったところ』　変わらない
『考察／その他』　なし

†

「……それでも曇（くも）って泣いたなら、そなたの首をチョンと切るぞ、ってか」

皮肉げに『てるてる坊主』の歌詞を口にして、『太郎さん』が鼻を鳴らす。

「あの『てるてる坊主』の服、最初に見た時から縁起が悪いと思ってたんだよ。坊さんに雨が止むように祈禱をさせて、失敗したら首を切った、ってのが『てるてる坊主』の元ネタだって聞いたことがある。ほとんど生贄みたいなもんだろ。そんな格好で『ほうかご』に通ったんだから、なるようになったとしか思えないね、僕は」

「先生、不謹慎ですよ」

それに対して惺が、眉をひそめて苦言を呈する。

「そうなるだけの時間が足りませんでしたけど、僕らが瀬戸さんともっと仲良くなってたら、怒った誰かに殴られてても文句言えませんよ」

「でもそうならなかっただろ、それが全てだよ」

はっ、と笑う『太郎さん』。

「協力的じゃない奴にかけてやる情けはないだろ。それに、本人の前では言ってない。ちゃんと気はつかってる」

「陰口を聞かされるのもいい気はしませんよ」

「それはよかった。僕はキミらとあんまり仲良くする気はないからね。正しい振る舞いだってことだ」

憎まれ口。惺がそれにため息をついて、居並ぶみんなの顔が曇った、明らかに空気がいいとは言えない状況で、十四回目の『始まりの会』はスタートする。

「…………」

二人目の犠牲者が出た『ほうかごがかり』。

暗く、重い雰囲気。そんな空気の中で物思いに沈んでいる啓の様子を、ちら、と菊が、横目にうかがった。

啓は、話を聞きつつも目の前のやり取りには関心のない様子で、ここではないどこかを睨むようにしていた。神妙な表情。啓は、助けを求めてきたイルマに協力を約束したにもかかわらず、結果として何の力にもなれなかったことに、明らかに思うところがあった。

「……」

そんな啓の様子を、気にかける菊。

啓の『協力』のパートナーとして手伝っていた菊にとっても、イルマの死は大きなショックだった。それに、啓がどれだけ真剣に『絵』に取り組んでいたかも、間近で見ている。それが実を結ばなかったのだから、その気持ちを察するに余りある。

だから、心配していた。

啓は、大丈夫だろうかと。

とはいえ、もちろん啓だけではなかった。今はこの場に大丈夫と言えるような状態の人間は、一人としていなかった。

イルマのいない『開かずの間』に、ひどく心細そうに立っている留希。

彼は、イルマと『かかり』では一番仲が良かったし、立場も近かった彼にとって、イルマの死は一番ショックだろうし、これからのことが不安でないはずがなかった。

それに、ずっと渋面の惺。

彼は『かかり』のリーダーであろうとしていて、『かかり』に被害が出ることを、自分の責任として背負おうとしていた。

そんな惺にとって、二人目の犠牲が出たという事実が、軽いはずはない。先週の取り乱した様子からは立ち直ったようだが、今も続く渋面は、如実にそれを反映していた。

そして、皮肉と憎まれ口を叩く『太郎さん』。

彼は一人だけ、変わりないように見えた。

だが今日の言動は、ずっと彼を知っている者から見れば、いつもより少しだけ刺々しい。こう見えて『太郎さん』が、内心では現状の被害に対して、それなりに不安や焦りといったものを感じていることが、うっすらとうかがえた。

そんな『太郎さん』は言う。

「今年の『無名不思議』は普通じゃない。全然『しごと』をしなかった子らが、異常な速さで二人とも死んだ」

神経質そうにペンで机をつついて、音を立てながら。

「そのことを自覚して、ちゃんと真面目に『しごと』をしてもらいたいもんだ。特に今年初めての五年生のキミ。聞いてる？」

「う、うん……」

名指しされた留希が、女の子のような顔をうつむかせて、消え入りそうに返事をする。その後もしばらく、『太郎さん』は口うるさく説教を続ける。その様子は皮肉にも、彼自身が常々否定している、顧問の先生そのものだ。

一同が説教から解放されるまでには、かなりの時間がかかった。

ようやくそれが終わって、最初から疲れてしまったみんなが、自分の『しごと』に向かうため、解散を始める。

みんなが居づらそうにこの場を離れる中、菊も箒を携えて『開かずの間』を出る。

そしていつものように、イーゼルなどの荷物を抱え直す啓を待ってから、その後について歩き始めた。

と――

「……ん？　堂島さん？」

「え？」

怪訝そうに振り返った啓に呼ばれて、少しぼーっとしていた菊は、顔を上げて不思議そうに聞き返した。だが、少しの間があった後、菊は自分の間違いに気づいて、恥ずかしさに顔を赤くして謝った。

「あっ……そっ、そうだった。ごめんね……」

思い出した。うっかりしていた。

「もう家庭科室には行かないから、一緒に行く必要はないんだよね……」

謝って、うつむいた。家庭科室での絵の手伝いをもう何度も続けていたので、菊にとってこれが、もう当たり前になっていた。

もう、一緒に絵を描きに行く必要はないのだ。

イルマは死んでしまったから。その喪失感が、不意に実感として蘇る。

「ずっと一緒に行ってたから……当たり前になってて……つい」

寂しい気持ちとともに、菊は言った。

「まあ、少しは分かるけどさ」

啓も、小さくため息のように息を吐いてから応じる。そしてうつむいた菊の様子を眺め、少し考えて、あっ、と気がついた様子で言った。

「あ、そうだ、堂島さんの『しごと』って、どうなってる？」

「えっ？」

その急な質問に、菊は戸惑った。

「いや、悪い、今まで自分が絵を描くことばっかり考えてて、思いつかなかった。ずっと僕の絵を描くのに付き合わせただろ。そのあいだの堂島さんの『かかりのしごと』は、大丈夫なのかと思って」

「あ……」

そこまで言われて、菊はやっと啓の言いたいことを理解した。

慌てて胸の前で、小さく手を振って、啓の懸念を否定する。

「えっと、わたしは――大丈夫。たぶん」

「たぶん？」

「うん」

啓は納得していない表情。

「僕のせいで遅れてたら、堂島さんの『記録』を手伝うけど？」

「ううん、前に言ったけど、わたしはいいの」

菊は少し微笑んで、首を横に振った。

そして、わずかに言い淀んで、顔をうつむかせた。

「それに、たぶんね」

「うん？」

啓は不思議そうにして、声の小さな菊の返答をよく聞こうと、耳を寄せた。

そんな啓に、菊は言った。

「たぶん――わたしの担当のは、絵に描かない方がいいと思う」

「は？」

啓の納得いかない顔は、より深くなった。

2

納得のいかない啓。

そんな啓が、菊に案内されてやって来たのは、とある二階の教室だった。

明かりが点いていてなお、見渡す限り薄暗い『ほうかご』の校舎。その中にあって、ここ一階の廊下では、この教室が唯一、煌々と明るい光を漏らしていた。
これと似た明かりは学校中に点々と存在はするものの、その光はどれもが、無機質さと異様さばかりが際立っている〝異物〟だ。この明かりがある場所は、まるでそれを誇示するかのように、ただの一つの例外もなく、『無名不思議』の棲家になっているのだ。

「えっと、ここがね……わたしの、担当の場所」

その教室が見えると、菊はそう言って、指差した。
その四年生の教室は、明らかに異常だった。教室内を見ることができる窓という窓が全て残らず、ビニールテープによって乱雑に閉鎖されていたのだ。
啓は、心の中で身構える。
ビニールテープは廊下側から窓が開かないように執拗に貼られていて、異様な雰囲気の見た目をしていた。だがよく見ると、窓は見た目こそ確かに物々しいものの、中が見えないほどではない。また出入口の封鎖はいかにもぞんざいで、左右三ヶ所ほどのテープを剥がしてしまえば簡単に開いてしまう程度なのが、奇妙にアンバランスだった。

「…………」

啓はそんな教室に、菊に導かれて向かい、前に立った。

ビニールテープの貼られた窓。テープは窓ガラスを横断し、窓枠から壁にまで達していて、開けるのは大変そうだったが、やはり目隠しとしてはそれほどでもない。

啓は、窓に顔を近づける。

そして、

「…………何もいない」

つぶやいた。

教室は、窓はテープで塞がれ、他の『無名不思議』の棲家と同じく、存在を強調するように明るかったが、しかしその中はいくら見てみても、動くものも、異常なものも、何一つ存在せず、ただ机と椅子が並んでいるだけの、むしろ生活感さえ色濃く残っている、単なる無人の教室だった。

雑然と教材や私物が、机の中や、周りの棚に残されている。

図工の時間に二人組になって互いを描いた課題の絵が、クラスの全員分、後ろの壁いっぱいに貼ってある。

それだけの、朝になれば、このまま普通に学校が始まりそうな教室。

だが、

『いる』

張り紙。

その出入口には、例の張り紙が貼ってあって、確かにこの教室の中に、普通ではない何かがいることを伝えていた。

啓は睨むように目を細め、その張り紙に足る『何か』を探した。

そうしていると、菊がおずおずと啓に話しかけた。

「えっと……あのね、普通に見ても、見えないの」

「うん？」

振り返る啓。

菊は啓を手招きする。そして特に警戒する様子もなく、入口のテープを剝がして、戸をからからと開けて、中を指差した。

「『窓』がないと、見えないの」

「は？」

啓は、いぶかしげな顔をした。

「窓がないと見えない？」

「うん」

うなずく菊。

「どういう意味？」

「えっと、ここに来て。それから、指で『窓』を作って、教室の真ん中あたりを見るの。あのあたり」

意味が分からない啓。

だがそれでも、素直に菊のいる出入口まで、すぐにつかつかと近づいて、言われた通りに絵の構図を取る時と同じやり方で指の四角を作った。

「こうか？」

そして覗く。

「あっ。待って、気をつけて！」

だがその瞬間、あまりに躊躇のない啓の行動に遅れた菊が、慌てた表情になった。その制止を聞いた時には、啓はすでに見ていた。指で作った四角越しに見えたのは教室ではなく、向こうからこちらを覗いている、真っ赤に血走った目だった。

「‼」

総毛立った。心臓が跳ね上がった。

そして次の瞬間、いきなり指で作った『窓』から、血まみれの『指』が生えて、向こう側から、がっ！　と『窓』がつかまれた。

「!?」

何者かの両手が、『窓』からこちらに入りこもうとしていた。

瞬く間に自分の指が作った『四角』の中から、力のこもった血まみれの『指』が何本も何本も生え、皮と肉が破れて爪も剝がれている赤黒い『それ』が、凄まじい力でこちらの顔へ向けて伸ばされて、眼球を抉り出す寸前の空間を、がりがりと激しく引っかいた。

「…………………っ!!」

危害。恐怖。戦慄。

全身に悪寒が駆け上がった。鳥肌が立ち、ぶわ、と体中に冷たい汗が噴き出した。

指の『窓』を引き裂いて、こちらに這い出そうとしているかのような、必死にも思える異常な勢い。激しく傷んだ『指』の肉と皮がこちらの手に押し付けられて、嫌な感触と共に、ぐじやぐじゃと蠢いた。

「…………………………………………!!」


肉から染み出した血がこちらの指と手を濡らして、腕まで伝って、ぼたぼたと落ちる。

だが、だがそれでも、そんな恐ろしい状態になっていても、なぜか『窓』を作った自分の指が、固まって全く動かなかった。

指が離れない。引っ込められない。

どれだけ必死に、震えるほど、痛むほど、折れるほど力を入れても、ただ合わせただけの指が見えないコンクリートで固めでもしたかのように、全く離れず、『窓』をやめることができないのだ。

焦る。

焦る。

焦る。

逃げようとした。だが『窓』を掴んだ『指』が、それをさせなかった。

どれだけ引っ張っても、空間に固定されたかのように、指と『窓』が動かない。そうするうちにも、ぎぢぎぢとねじ込まれる指が増え、力が増し、『窓』を作った指が、内側から引きちぎれそうに激しい痛みを発した。

「――――――――っ!!」

苦痛。

声にならない叫び。

だが、その時だった。

「――このっ!!」

ばしっ！　と啓の手に、いきなり横合いから箒の先が叩きつけられた。

肌を引っかく痛み。それを感じると同時に、空間に固定されていた指が、冗談のように解放され――啓は綱引きの手を急に離された時のように、後ろに大きくのけぞって、転びそうなほど後ろへと、思い切り強くたたらを踏んだ。

「!?」

教室から弾き出されるように廊下に出て、どん、と背中が壁に当たり、目を見開いて前を見た。そこにいた、柄の端を握って箒を振り下ろした菊は、明らかに重みに振り回された格好で、そのままわたわたと箒の先を引きずりながら、おぼつかない足取りで、足を取られながら部屋を出てきた。

それから教室の戸を、ぴしゃりと閉める。

そして啓を振り返って、言う。

「だ、大丈夫だった⁉　二森くん……」

「…………！」

教室が閉められ、声をかけられたところで、肩で息をしながら啓は、ようやく視線を落として自分の両手を見た。

手は目で見て分かるほど震え、自分のものではない血にまみれていて、腕から先の筋肉は疲労で固まり、まっすぐ指を広げることもできなかった。

特に人差し指と親指の間にある筋と肉と関節が、じんわりと重く、ひどく痛んだ。

心臓が、ばくばくと音を立てていた。

「……ありがとう、助かった」

　自分の手を見たまま、啓は、やっとのことで言った。菊は明らかに予想外のことが起こった様子の、慌てた顔で、啓に謝った。

「ううん、違うの、ごめんね、今のは、わたしも悪くて……こんな風になるなんて、思ってなくて……」

　菊は啓の状態を見て、もたもたとポケットからハンカチを取り出して、啓の血まみれの手を拭こうとする。だが啓は、自分の腕の手首あたりの、まだ汚れていない部分で、差し出されたハンカチと手を押し返した。

「いい。洗ってからにした方がいい」

「あっ、そ、そうだね……」

　そうして二人で教室から離れる。そして廊下の途中にある手洗い場まで、足取り重く移動して、手についた血を水道の水で洗った。

　手洗い場の、鈍い照明の光の下で、水道水を出し、啓は、ばしゃばしゃと手を洗う。

　菊はそのそばに、ぽつねんと立って、ハンカチを握ったまま、申し訳なさそうにうつむいている。

「『窓』がないとね……出てこれないの。『テケテケ』」

やがて菊が、ぽつりと口を開いた。

「……ああ、だから窓をふさいでたのか？」

「うん、そう。去年『ほうかごがかり』になって二回目の日に……教室をお清めして、テープで窓をふさいで……こっちに出てこられないように、閉じこめたの」

あの異様な状態について、納得する啓。そして、それによって『無名不思議』を閉じこめているのだという話に、啓は純粋に感心した。

「あれは堂島さんがやったのか。閉じこめるなんて、できるんだな」

「うん……成功しちゃった。親戚のおばさんから習ったの。わたし、昔からオバケによくイタズラされてたから、身を守るために、って」

ぽつぽつと菊は語る。

「でも、成功しちゃったせいで……『記録』ができなくなっちゃった。『テケテケ』が見えなくなっちゃって、見るために『窓』が必要で……全然『記録』されてない『テケテケ』は、どんどんどん強くなっていっちゃって。

前は、わたしじゃない人が『テケテケ』を覗いても、さっきみたいにはならなかった。無理やり出てこようとするなんて、今まではなかった。たぶん、今、わたしが『狐の窓』であれを見たら、あっという間に殺されちゃうと思う。ずっと閉じこめられて……たぶん、ものすごく怒ってる」

「なるほどな」

うなずく啓。

「聞いた一瞬は、他のやつも閉じこめられるんじゃないか？　って思ったけど、『記録』じゃないと、大人しくはならないのか」

「うん」

「いつか、出てくるのか？」

「出てくる、って『太郎さん』は言ってた。閉じ込めるのに成功した時、最初は、わたしの『狐の窓』と『お清め』でどうにかできないかって話になったけど……やっぱり霊能力のある子が『かかり』に入って来ることは時々あって、閉じこめたり祓ったりするけど、結局みんなダメだった、って……」

「そっか」

「閉じこめた本人は卒業まで逃げ切れることもあるけど、その時は、次の子に引き継ぎされるんだって。それで……出てきても引き継がれても、どっちになっても、ほとんどは普通に『記録』するよりも、もっとひどいことになるって……」

啓は理解する。菊は、いま時限爆弾の首輪がついた状態だ。いつ出てきて殺されるか分からない、恐ろしい怪物を担当している。そして『記録』して弱らせることもできない。見たらその瞬間に、『あれ』が出てくるからだ。

他の人が協力しようにも、見えないのでどうしようもない。

見る方法はあるが——それは、『あれ』が出てくるのと、同じ意味だ。『狐の窓』で覗いた瞬間、『狐の窓』が覗かれる。見た瞬間に『あれ』が出てくる。指を組み合わせた四角形で覗いただけで、啓はこうなった。

「……構図も取れないんじゃ、確かに絵には描けないな」

啓は、諧謔的につぶやいた。実際に、指の四角で構図を取る作業が、絵を描くのに必須なのかと問われると、別にそんなことはない。

だが——

「それに、絵を描いたら、そこから出てきそうだ」

口の端を、つまらなそうに歪めた。

それが一番の懸念だった。菊もうなずく。『テケテケ』を描いた『絵』が、『窓』にならないという保証がどこにある？　むしろ危険性は高いように思えた。自分の強みを殺されたようで、啓は面白くなかった。

菊は、ため息をついて、小さく言った。

「だから、『狐の窓』は、禁止ってことになっちゃったの」

寂しそうに。

「わたし……みんなの役に、立ちたかったんだけどな……」

「そっか」

啓は、そこまで聞くと水道の蛇口をひねって水を止め、両手を振って水を切った。自分の強みが活かせない状況には同情はするが、どうにもならない。そして、そう思いながら自分のハンカチを出そうとしたところ、菊がそれに割り込んで、ずっと握っていた自分のハンカチを押し付けるようにして、強く啓に渡してきた。

「お……おう……？」

「ねえ、二森くん」

戸惑う啓。

目が合っていた。菊は、今までずっと伏し目がちだった目を今は上げて、啓をまっすぐに見ていた。

そして言う。

啓はさらに戸惑った。

「二森くん、わたし、役に立ってる？」

すがるような目。

それは啓が初めて見る、真正面からの、菊の目だった。

3

「痛っ……！」

登校してきたばかりの菊は、後ろ側の入口から教室に入った途端、小さく声を上げて、手を引っ込めた。

「うーっ……」

その場で立ち尽くして、自分の手を見る菊。急に痛みが走った小指の端には、見ると小さな傷ができていて、皮の剝けた傷の中にみるみるうちに血がたまり、やがて、つ、と指を伝って流れた。

「どうしたの？」

世話焼きなクラスの友達が、気がついて、訊ねながら近づいてきた。

「あっ。血が出てる」

「うん、そこの棚に……」

「ぶつけたとか、引っかけたとか？」

呆れたように言う友達。そして菊の手元に手を伸ばし、菊が自分で貼ろうとポケットから出していた可愛い絆創膏を「かして」と取り上げると、さっさと包装を破いて、テキパキと菊の小指に絆創膏を巻いた。

「あっ……」

「はい、できた」

「あ、ありがと……」

「堂島さんって、いっつも何もないとこで転んだり怪我したりするよね」

言って友達は、怪訝そうに棚を撫でる。

「うーん、とがってる所も、ささくれもないねえ……」

「うん……」

「どうやってそんな怪我したの……？」

「……」

菊は答えられず、曖昧に笑う。そして友達が自分の席に戻っていって、周りからの注目が自分から外れると、菊は両手の指で『窓』を作り、自分の体で隠すようにして、棚の方へそっと向けた。

そこには、

ガチッ、ガチッ、ガチッ、ガチッ、

歯を剝き出しにした、大きな人間の口が。

ランドセルを入れる棚のうちの一つに、歯と歯茎を剝き出しにした大きな口が、棚いっぱいに収まって、歯を嚙み合わせていた。

飢えた犬のように、ガチガチと、何度も何度も。

昨日まではなかった『それ』に、鬱々としたため息をついて、菊は自分のランドセルを置きに、自分の割り当ての棚に向かった。

†

菊は、幼い頃から怪我の絶えない子供だった。

すぐに転ぶ。落ちる。何もない場所で心当たりのない変な怪我をする。

手も足も常に絆創膏だらけ。あまりにも何もない場所で転ぶので、両親は菊の運動能力に何かの障害があるのではないかと疑って、四歳の頃に検査を受けさせた。結果は疑いのまま保留とされて、様子見のまま棚上げになっている。

物心つく前の菊は、不思議なものが見えていた。

うっかりつまずいてしまう、道を横切る大蛇の胴体。幼稚園の園庭の真ん中に生えて、足首をつかんでくる手。家具の隙間から伸びて引っ掻いてくる、爪の長い指。突然壁から突き飛ばしてくる、よく分からない黒い塊。

幼い菊はそういったものが頻繁に見えていて、怪我の元になっていたり、直接的に怪我をさせられたりしていた。なのでいつも怯えていて、いつも周りからいじめられているような気分でいたのだが、しかし物心つく前の菊はそれらをちゃんと説明できず――たまにつたない言葉で説明できても、親は空想と決めつけて、そのままやがて物心ついたあとは、菊にもそれらは見えなくなった。

菊は相変わらずよく転びよく怪我をしたが、物心つく前の記憶は曖昧で、わずかに憶えているものも、空想と区別がつかなかった。

だから物心ついた後の菊は、自分でもなぜだか分からないが、やたら転んで怪我をする、ものすごく鈍臭い子供だった。

周囲はそう思っていたし、菊もそう思っていた。運動音痴。みそっかす。役立たず。園でゲームなどをすると、必ず転んで負ける。何かを運ぶと転んで落として物が壊れ、怪我をして騒ぎになって、そのたびに園のお遊戯やイベントが台無しになる。

毎回そうなので、わざとではないかと疑われたことさえあった。そして、そんなことが重なりすぎて、自分に自信など全くなくなり、それがこじれて、失敗を責められても謝ることもできずに泣くだけの子供になった。

なんで。

なんで自分はこんなに鈍臭いんだろう。

なんで失敗するんだろう。園で失敗して帰るたびに、夜な夜な泣いて自問する。だが年長さんの時に、離れて暮らしていた父方のおばあちゃんのお葬式に行った時、そこで遠方に住んでいるという初めて会った親類のおばさんに話しかけられて、それがきっかけになって全てを知ることになった。

「あらあらまあ！　これは大変だわ」

セレモニーホールの何もない場所で、急につまずいて転んだ菊に、そのおばさんは大仰に言いながら駆け寄ってきた。

他の親類と同じように喪服を着た、特に変わったところはないが、いかにもおしゃべり好きで社交的そうに見えるおばさん。おばさんは「大丈夫？」と転んだ菊を助け起こすと、大事になった恥ずかしさと申し訳なさと人見知りで、立ち去ろうとする菊をあわてて引きとめ、奇妙なことを言った。

「ちょっと待って。あなた、いま自分がどうして転んだのか、分かる？」

「……？」

首をかしげる菊に、「ああ」とおばさんは勝手に察してうなずく。そして小さな菊に目線の高さを合わせて、小さい子に言い聞かせるあの言い方で、しかし特徴的な早口で、菊に言ったのだった。

「あのね、驚かないで聞いてね。あなたはどうも『オバケ』に好かれやすいみたい」

「!?」

驚かないで、と言われたが、当然びっくりした。

「おばちゃんは『オバケ』が見えるのよ。あなたよく転んだりしない？　それ『オバケ』がイタズラしてるのよ」

目を丸くする菊に、おばさんは安心させようと笑顔を作って、今しがた菊が転んだ場所の床を指差した。

「今のも、『オバケ』に足を引っ張られたのよ。おばちゃん見たんだから」

「……」

「きっとあなたが可愛いから、ついイタズラしちゃうのよ。でもね、見えないのにそんなことされると、危ないし困るでしょう？　おばちゃんは残念だけど、『オバケ』に『やめて』って言ってあげることができないんだけど、せめて見えるように、簡単なおまじないを教えてあげるわね」

そしておばさんは菊の両手を取って、中指と薬指を親指で押さえるようにして折り曲げさせ、残りの小指と人差し指の先を互い違いにくっつけさせる形で、『窓』を作らせた。

「そうそう、こうするの。上手上手。これはね、『狐の窓』っていうのよ」

「……きつね？」

「なんだか可愛い名前でしょう？　それで、あのね、これから見てみるけど――――大丈夫だから、怖がらないでね」

そうしてからおばさんは、またさっきの床を指差して、言った。

「じゃあ、覗いてみて？」

「……」

言われるままに、菊は『窓』を覗いた。

さっき転んだ、何もない床を、『窓』越しに。

そしてそこに、菊は。ずっと幼い頃の自分の空想だとばかり思っていた、床から生えた、ミイラのような手を見てしまって――――物心つく前に見ていたモノの全ての記憶をその場で思い出して、金切り声の悲鳴を上げた。

「――――っ‼」

それ以降、菊の世界は変わった。

いや、元に戻った、と言った方がいいのだろうか。つかまれたり、突き飛ばされたり、引っかかれたり、噛みつかれたり――まるで見えない何かにそうされているようだと思っていた自分の怪我が、まさにそうされていたのだと、この時を境に菊は知った。思い出してしまった。

菊は、自分の怪我の原因が何であるかという真実と、少しばかりの対処法を手に入れて、その代わりに心の平穏を手放すことになった。

確かに原因は分かった。〝見る〟こともできるようになった。でも、ずっと『狐の窓』を覗きながら歩けるわけではない。『あれ』らは四六時中、いつ手を出してくるか分からないのだから、『狐の窓』の恩恵は、せいぜい何か嫌な予感がした時や、怪しい場所に行かなければいけない時に確認ができる程度のものだった。

教えてもらった『狐の窓』で、できる対処は、ほんの少し。

その代わりに戻ってきたものは、遠く忘れ去っていた、物心つく前の、自分をいつでも『何か』が狙っている世界。

いつでも、今にも、『何か』が現れるのではないか、何かされるのではないかと恐れていた日々が戻ってきた。そこらじゅうの暗がりに『何か』が潜んで、こちらを窺い手を伸ばそうとしているのではないかという、幼い恐れに満ちた世界が、戻ってきたのだ。

だが――お葬式以降、あのおばさんが、菊のことを気にかけて、よく手紙をくれたり、時には家を訪ねてきてくれたりするようになった。

おばさんは親戚の中ではよく知られた人だった。妙に勘が鋭く、素人ながら占いなどもやり、予知夢なども見るそうで、親類関係で何か良くないことがある時に事前に電話をかけてくるなどの、不思議な逸話のある人物だった。

菊の様子を気にかけたおばさんは、手紙や訪問で、菊にいくつかの手ほどきをした。

菊が見ているオバケとはどういうものなのか。どういった心構えで付き合ってゆくのがいいのか。『狐の窓』とはどういうものなのか。それからあまり頼ることはできないが効果のあるお守りの選び方や、せめて菊の家からはオバケを追い出して安心して暮らせるようにと、箒を使った『お清め』の方法なども教えてくれた。

そんなおばさんとの交流で、菊の心と生活は、少しずつだが落ち着いた。

家がほぼ安全になり、心構えをする余裕ができた。だんだんと経験と知恵がついて、それから諦めもついて、自分が怪我しやすい状況自体は以前と変わらないという事実もあって、菊は今までよりも少し安全な生活を手に入れた。

最初は怖かったオバケを〝見る〟行為にも、対処法で守られながら遭遇を重ねるうちに、それなりに慣れた。鈍臭くて、みんなに迷惑をかけてしまう自分はそのままだけれども、自分の不出来が原因ではないという事実が分かっていることと、対処を憶えたことで以前よりははるかにマシになっていて、周りのみんなから疎まれることも少なくなっていたことは、菊に人並みの自信を取り戻させた。

物心つく前から地層のように堆積した引っ込み思案は、すぐに直りはしなかったが、それでも自虐的な考えは軽くなって、少しだけ前を向いて歩けるようになった。そして何より、菊の中で大きかったのは――――『狐の窓』でオバケが見えるようになったこの力で、人を助けた経験だった。

それは小学三年生の時。菊は公園で『オバケ』に迷わされていた、見知らぬ男の子に、声をかけて助け出したのだ。公園の一角の植樹で藪のようになった場所で、不自然な音と気配がするので『狐の窓』をのぞいたら、そこで男の子が一本の木の周りをぐるぐる回って、抜けられなくなっていたのだ。

「こっちだよ」

「!!」

迷って半泣きだった小さな男の子は、声をかけただけで〝惑わし〟から抜け出した。

男の子は自分に何が起こったのかも分かっておらず、お礼を言うこともなく泣きながら逃げ去って行ったが、それでよかった。この経験は、菊にとって、一つの大きな自信と、転換点になった。

自分は不思議なものが見えるおばさんに助けられた。

自分はおばさんには遠く及ばないけれども、やはり不思議なものが見える。だから自分も人を助けたいと、そう思ったのだ。

この時にはもうおばさんは亡くなってしまっていたが、おばさんは言っていた。

「あなたには少し不思議な力がある。力のない普通の人は『狐の窓』を透かせてもほとんど何も見えないし、箒での『お清め』もほとんど何の効果もないのよ」

と。

そして、

「それでね、この力というのは神様が人の助けになるようにくれたものだから、あなたもこの力で、ありがたく自分の身を守るといいわ。それで、もしいつかそれができる機会があったなら、人を助けるために使いなさい。でも、この力で人助けをして、お礼を言われたいとか、物やお金をもらいたいなんて思ったらだめよ。この力は神様のものなんだから、それで私たちが得をしようなんて考えるのは、おかしいことよ」

と。

この話を聞いた時には自分のことで精一杯だった菊は、いつか自分に人を助けられるような日が来るのだろうかと、憧憬に似た気持ちを持っていた。

来るはずがないとも、どこかで思っていた。自分が人を助けるなんて。

この、人に迷惑をかけてばかりの自分が。だが成り行きで男の子を助けた時に、気づいたのだ。知らない間に、自分の番が来ていたのだ。

来るはずがないと思っていた自分の番が来た。

みそっかすの自分が、人の役に立つ。助けになる。それは菊にとって、ずっと望んでも得られることのなかった希望だった。

誰かの役に立てる。誰にとっても――自分にとっても、価値のない自分が。

嬉しかった。何の役にも立たない――友達からも先生からも、お父さんからもお母さんからも、いつも「何もしなくていい」と言われる――そんな自分に、生きている価値なんかあるわけがないのだから。

だって、言っていた。

物心つく前、菊に〝イタズラ〟をした『オバケ』は、ずっと言っていた。

――やくたたず。

おまえなんか、いなければいい。

今は聞こえない『オバケ』の声を、菊は、あのお葬式の日に思い出していた。そして、それをささやいていた『オバケ』の姿が、物心つく前には一緒に暮らしていて、菊の名前を決めたというおばあちゃんの遺影に似ていることに、関係はないけれども気がついた。

菊は、人の助けになりたい。

いつかそうなりたい。叶わなかったその願いが、やっと、叶う。

でももちろん、『狐の窓』で役に立てる機会など、そうそうあるわけもなく。

再びの人助けの機会などないまま、しかしそれでも確かに希望の光を得て――それを胸に待ち続けて一年後。五年生になった菊は、学校の廊下の壁に、委員会の子供が描いた手書きのポスターと共に貼られた、自分の名前が書かれた掲示を見て、その夜に『ほうかごがかり』として呼び出されたのだった。

そして――一年。


菊は、役立たずのまま、生き残った。


役に立てなかった。役に立てなかったし、みんな、菊に何もさせようとしなかった。

菊は『ほうかご』では昼のように転ばない。『ほうかご』では大半のオバケが、『狐の窓』を透かさなくても、そのまま目で見えるからだ。

だから役に立てると思った。それでも、みんな、菊には何もさせようとしなかった。

思ったようにはならなかったし、何より『狐の窓』を逆にオバケから覗かれることがあるなんて、おばさんから教えてもらっていないので、初めて知った。

何もできないまま、そして菊に何もさせないまま、みんな、みんな、死んでいった。

みんな。みんな。

菊の願いは、まだ叶っていない。

4

「挨拶とかはいいよ。今、家には誰もいないから」

「ん」

「お、お邪魔します……」

木曜日の放課後。菊と啓が、惺の家にやって来た。

やっと来た約束の日だった。本当ならば、この集まりは一ヶ月くらい前に予定されていたのだが、たまたま合わなかった予定と、それから『ほうかごがかり』の状況の、想定していない切迫のせいで、延期を繰り返していたのだ。

菊はパソコンを使わせてもらい、啓は絵の販売の再開をする。

こんな、平穏な用事。これまでは、今はそれどころじゃない、落ち着いたら、そのうち落ち着いたら、と延期していたのだが、「無理にでも決行するべきだ。そうしないと永遠に機会が来なくなるかもしれない」と惺が言い出して、決行されることになったのだ。

そうして、ようやくその日が来た。

惺は、二人を先導しつつ、にこやかに話しかけながら、家の玄関の電子錠を開けた。

何度来ても慣れず、おっかなびっくりで見回しながら足を踏み入れる菊と、対照的に久しぶりだというのに慣れた様子の啓。惺の家は、住宅地の中でも特に瀟洒な一角にある、ぱっと見では低層のデザイナーズマンションに見える大きな家だった。

ガレージの入口は大きく、正面玄関の扉も、マンションのそれと変わらない大きさをしている。初めて来た時はそれが自動ドアでないことに、そしてそれが子供の力ですんなり開くことに、菊は驚いたものだった。

去年から一年以上、菊と惺は『ほうかごがかり』の同志だった。

命を預けあう共同体であり、たくさんの個人的な話をし、両手両足の指を足した数よりも多く、家に招かれた。

だがそれでも菊は――――いまだに、実は、惺と話すのは苦手だ。

いくつか理由がある。取り柄がほとんどなく、内気な菊にとって、惺はそもそも別世界の人間だったということが一つ。そして、惺はそんなことは気にせずに菊へと接し、親切であれこれ助けてくれたが。同じ全くの善意から、菊に『狐の窓』を覗かないよう言い渡したのも、また惺だったのだ。

惺は、積極的な、弱い者の守護者だ。

そして大人しく背が小さく、ドジで運動も勉強もできず、『狐の窓』以外は惺に勝てるものが何もない菊は、惺にとって積極的に保護すべき弱者以外の何者でもなかった。

菊は人の役に立ちたかった。菊を幼児のように守ろうとする惺の態度は、菊の望みとは程遠い。だが、そんな惺の強力な保護をはね返すだけの、気概も実力も説得力も、ハッタリも見た目さえも、菊は残念ながら一つとして持ち合わせていなかった。

菊は、庇われる弱者の立場に甘んじるしかなかった。

そして、惺がそう扱う以上、周りの六年生が菊をどう扱うかも決まりきっていた。

嫌っているわけではない。仲が悪いわけではない。ただ、たった一つだけ、自分の望まない庇護が嫌だった。そして、それから永遠に抜け出すことができないことが。菊にとって、惺との関係は、いわば過保護な親の陰で息を潜めて暮らす子供のようなものだった。

「……」

菊は、何度来ても慣れない、広くて磨き上げられた玄関から、柔らかいスリッパを履いて家の中に上がる。

「堂島さん、いつもと同じ、こっちで。啓も、僕の部屋でいいよな？」

「ああ」

「あ、うん……」

先に立って案内する惺に、慌ててついて行く菊。

幅の広い廊下を通り、ここ以外では見たことのない、個人宅の中のエレベーターで三階に上がる。そして入った惺の部屋も、それだけで菊の家の居間よりも広く、たくさんの物があってなお、部屋の真ん中で数人が体操できそうなくらいの広さがあった。

安っぽさの全くない、広い学習机。それとは別に、パソコンを据えるためだけの用途で別に置かれている、パソコンデスク。模型や楽器やスポーツ用品を中心に、さまざまな雑貨が整頓されて置かれた棚が数台。それから大小の本が製理されてぎっしりと詰め込まれた本棚が、さらに数台。

ベッドはない。

信じがたいことに、寝室は別なのだ。

そんな、菊とは別世界に生きている人間の部屋。そこに入ると、啓がまず真ん中に敷かれた絨毯の上に、ここまで一人で持ってきた、重そうな荷物を下ろした。

「よっ、と」

新聞紙で包んだキャンバスがいくつも入った、紙のバッグを二つ。それからいつものもの、学校以外ではいつも背負っている、絵を描く道具がぎっしり詰まった、絵具汚れのついた帆布製のリュックサック。

そして啓は、紙袋の中からそのまま絨毯の上に、包んでいた新聞紙を外しながら、小ぶりな油彩画を並べ始める。風景画や静物画。どれも、おしゃれな喫茶店などの壁にかかっていそうな、可愛らしい絵だった。

その間に、おやつを用意する惺。

菊がお世話になっている側なのに、いつも高級そうなクッキーなどを出してくれるので、心苦しく思っていた。

今日は、お皿にたい焼きが二つ乗せてある。

和菓子など、特に庶民的なお菓子は一度も出てきたことがなかったので、家とのミスマッチさがあって目をぱちくりさせていると、それを察した惺が「啓の好物なんだよ」と言って啓を示して笑った。

そう言われて見ると、啓はすでに二つのたい焼きを重ねて手に持って、それに一度にかぶりついていた。断面はつぶあんとカスタード。さすがにはみ出て口の端についたクリームを親指でぬぐって、それを舐めとる。

目はずっと、床に並べている絵に向いている。

自分の描いた絵に納得いかない部分を見つけたのか、首をひねりながら凝視していて、菊と啓に見られていることには気づいていない様子をしていた。

「餡とカスタードを一緒に食べるのが、ささやかな贅沢なんだってさ」

からかうように言いながらも、惺はそんな啓を見て目を細める。

そして、

「じゃあ、僕らはこっちで別の用事をやってるから」

改めてそう言うと、惺は菊のために取り分けた皿と紅茶をパソコンデスクに置いて、パソコンの電源を入れた。

「堂島さんは、好きに使ってて」

「うん……ありがと」

「何かあったら言って」

そう言い残して、惺は啓の所へと向かう。すでに部屋の真ん中は絵売りの露店のような状態になっていて、これらをどれくらいの値つけでネットショップに並べようかと、すぐに二人で相談を始めた。

「……」

菊は、その様子を横目に、ヘッドホンをつけて、音楽制作ソフトを立ち上げた。

菊は最初、このソフトウェアを完全に手探りで使い始めた。使い方を何度も何度も検索して調べ、童謡のような簡単な曲を入力する。そういったことを繰り返して、ようやく最近それなりに、思うように扱えるようになってきていたところだった。

惺はパソコンの持ち主だが、最初からインストールされていたというこのソフトを、一度も触ったことがなかった。なので操作は、完全にゼロからの独学だ。とはいえパソコンとネットのあつかい方は、惺の方が一日どころではない長があり、「分からないソフトでも、検索すればだいたい使い方の記事が出てくるよ」と言って、検索の仕方を教えてくれたし、トラブルや難しい設定にぶつかった時も、菊よりも上手く検索して解決方法を見つけてくれた。

そうやって、自他共に認める鈍臭い菊も、何とかソフトを扱えるようになった。

そしてここ最近の何回かは、ようやく菊の最初の目的だった、自分の曲を作る作業に、本腰を入れて取りかかっていた。

といっても素人芸だ。大したものではない。

菊が普段口ずさんでいる、自分の口から自然に出てくる旋律。それを記憶して記録して、どこかで聞いたものを取り除いて――作り替え、つなぎ合わせて、一本の曲にする。今の菊がまず目指しているのは、とりあえずそこだった。

菊は、ぼんやりとしている時、心の中でとりとめもなく、口ずさむように曲が流れていることが多かった。自然に、たくさん、たくさん、口ずさんだ。菊にとって、自分が自然に口ずさむ旋律は、心から漏れる風のようなものだった。

洞窟を吹き抜ける風が、洞窟の形によって旋律を作って、外へと吹く。

心という洞窟から吹く風。それが菊の心に浮かぶ音楽だった。

菊が心で奏でる音楽は、その大半が穏やかだ。あまり活動的ではない菊を、いかにも表しているような、穏やかな曲調。ゆったりと、可愛らしく、そして――明らかに、不穏な影を帯びている。

仕方がなかった。そういう人生を生きてきたのだから。

これまでの菊の、幼少期からずっと『オバケ』に苛まれてきた人生。そしてその挙句、いつか『オバケ』に捧げられて命を失う生贄である『ほうかごがかり』に選ばれるという、あまりにも救いのない運命。

そして現実にも、みそっかすとして、役立たずとして、誰からも失望され、期待されない人生。それでも希望を諦めきれない人生。こんな自分を助けてくれた、たくさんの人と、そんな人たちが自分にかけてくれた言葉を、捨てられない人生。

いつか、自分を助けてくれた人たちのように、人を助ける人になる。

そうしなさい、そうなれる、そう言ってくれた、おばさんを始めとするみんなの、励ましの言葉。

もしかすると、心にもない慰めかもしれない言葉。

だが終わりのない暗闇の中、ただそれを希望として見据えて生きている、今。

……そんな自分の心から漏れ出す音楽は、いつもどことなく薄暗いものだったが、菊自身はそれを気に入っていた。しっくりくる。こないはずがない。それは自分の心から出てくる、自分そのものなのだから。

できるだけ憶えているようにしていた。それは菊にとって、一種の日記だった。

そして菊は、つたないながらも、それを一つの曲としてまとめたいと思っている。それはいわば日記の清書だった。いや、それを人にも見られる形として残すのだから、もしかしたら私小説のようなものかもしれなかった。

あまり自己主張をしてこなかった菊にとって、これは初めての自己表現だった。

歌にも楽器にも自信がなかった菊の、それでも温めてきた音楽。コンピューターの音楽制作ソフトが、その深い谷を埋めてくれた。

ネットの動画などを見て、自分も作ってみたいと憧れた。

そんな漠然としたものだった憧れに、まだ一端だが具体的に触れている。触れさせてもらっている。

ごく短い未完成の習作を、今までに何本か作った。

以前に口ずさんだことのある、なんとなく記憶に残っているリズムの記録。それを形にする作業は、難しくて、だけど夢中になるほど楽しくて——形になったものを再生して聴くのは、何とも言えない、くすぐったいような喜びがあった。

菊は今それらの習作を経て、一つの完成品を作ろうとしている。

自分の心の中にあるだけの音楽。形のないそれを、コードとして打ち込んでゆく。

知識がないので、アプリで再現される楽器を片っ端から試し、その音を聞いて、ぴったりの音を探す。口ずさんだ主旋律を、頭の中で膨らませて、曲に厚みを加え、試して聴いては何かが違うと削除して、やり直す。

思い浮かんだ音を再現するために、素人の非効率さで、試行錯誤する。

どれだけ非効率でも、つたなくても、だんだんと形になってくる。それがたまらなく楽しくて、嬉しい。

構想して、作って、聴いて、やり直す。

夢中になって作って、夢中になって聴く。

コンピューターが、たったいま作った音楽を奏でる。

穏やかで、優しく、そして仄暗い道を延々と歩き続けるような、そんな慰めの曲。

菊はそれを聴く。繰り返し、作り替えて、また。

そして、いつしか周りが見えなくなるほど集中して、もう何度目になるかも分からない試し聞きを、またもう一度した時。

菊は――――不意に、自分の顔のすぐそばに啓の顔があって。そして興味深そうに作業画面を覗き込んでいて、ヘッドホン越しに漏れている自分の曲を聞かれていることに、たったいま気がついた。

「わあっ!?」

「ふぅん、上手いんじゃないか？」

驚いて叫んだ菊に、啓は平然とそう返した。

見れば、気づかない間に二人の用事は終わっていたらしく、惺もいつの間にかいっしょに啓の後ろに立っていて、にこにこと様子を眺めていた。

「な……な……」

「ああ、気にしないで作業してていいよ」

作業を見られ、作っている曲を聞かれて、菊は真っ赤になって慌てる。

「えっと……あの、聞かれるの、恥ずかしいから……」

菊は、ヘッドホンを外して、啓から隠すように膝に抱えて、言った。

「ん？　なんで？」

「まだ、下手だから……」

「そうか？　まあそうだとしても、人に見せる意識がないと上達しないと思う。そういうのは僕の絵と、おんなじじゃないか？」

啓は気にする様子はない。思い返せば啓は、絵を描く様子を菊に見られていても全く気にしなかったし、描いた絵を人に見せるのも平気だった。

「それは、二森くんくらい上手だったら……気にならないかもしれないけど……」

目を逸らしてボソボソと言う、菊。

菊としては、これは作品である以前に、誰もいないと思って大声で歌っていたら、人がいて聞かれていたのに近い状況で、いたたまれない。

だが啓は、加えて言うのだった。

「で、これを動画にするのか？」

「⁉」

ぎょっとなった。いつかできればいいな、という思いは確かにあるし、前にそんな質問をされた時は話題の一つとして答えられたが、作っているのを目の前にして言われると、具体的すぎて変な汗が出た。

「え、えっと……それは……まだ……」

「なんでだ？」

「まだ曲も上手くできてないし……動画ソフトも少ししか触ってないし……動画に使う画像なんかも全然で……まだ、全然遠いから……」

胸の前で両の手のひらを振って、必死で否定する。とにかく恥ずかしかった。自分の漠然とした夢だったはずなのに、いつかやりたいと思っていたはずなのに、こうして具体的に達成を促されたり、期待されたりすることが、たまらなく恥ずかしかった。

なぜなら――達成にも、人からの期待にも、菊は慣れていなかったから。

それを信じられるだけの、受け入れられるだけの、実力も経験も、何よりも自信がなかったから。

だから、恥ずかしい。そして、怖い。

だから、否定する。しかしその様子を見た啓は、少し考えると、あっさり言った。

「じゃあ、絵の方は、僕が描くよ」

「えっ……!?」

その申し出に、心臓が止まりそうになる菊。

すると、ずっと聞いていただけの惺も、口を開いた。

「それじゃあ、動画の方は僕がやろうか。パソコン持ってるのは僕だし、ソフトの使い方も少しやれば憶えられると思うし」

「!?」

目を見開いて、惺を振り返る菊。たった今まで想像もしていなかった状況が動き出し、頭が全く追いつかない中、「啓ならどんな絵を合わせる?」と惺が啓に問いかけ、菊を置いてけぼりにして構想の相談まで始まった。

「え……えっと……あの……」

勝手に進む状況を少しでも押し留めようと、焦りながら話に割り込もうとする菊。

「ん？　なに？」

「待って……そんな、急な……なんで……」

あわあわと、酸欠の魚のように口を開けても言葉が出ない菊。

なんでそんな話になったのか、全く理解できない。だが啓と惺は顔を見合わせると、不思議そうに、菊に訊ねた。

「え、やりたくない？」

「えっ、そ、それは……」

惺に、面と向かって改めて問いかけられて、菊は口ごもった。

そんなはず、なかった。でも。

「ふ、二人は、それでいいの？」

「？　悪かったら、最初から言わないよ。面白そうじゃん。なあ、啓」

「ああ」

うなずく啓。それを確認すると惺は菊に向きなおる。

「というわけだけど……ほんとに嫌ならやらないけど、どうする？」

「う……」

惺に笑顔を向けられて、なぜだか追いつめられたような気分になる菊。

決心がつかず、助けを求めるように視線を彷徨わせて、それから宙に指で何かを描いて構想を考えているらしい啓の様子を窺って——ようやく意を決して、うなずいた。

「よ……よろしく、お願いします……！」

「決まりだね」

惺は目を細めた。

菊は、そんな惺や啓に何か言いたかったが、意を決してからずっと自分の心臓の音がうるさくて、顔を赤くして、ただうつむくことしかできなかった。

5

堂島菊は、何かを成したことがない。

宿題とか、掃除とか、パズルとか——そういったものを最後までやりきる、という程度なら、もちろん普通にやっている。だが、そういうことではない。何かを成すというのは、自分のためじゃなく、誰かのために何かをすることだと、菊は思っていた。

誰かのためになる、何かを。誰かの望む、何かを。

誰かと一緒に、何かを。誰かの期待する、何かを。

人の価値は、それだと思っている。つまり自分は、価値のない人間なのだ。

菊は、誰かに期待されたことがない。『オバケ』のことを知らないみんなにとって、菊は何でもない所で転んだり怪我をする、度を越して鈍臭い子でしかなかったからだ。

それに、もしそうでなかったとしても、菊は優秀とは言い難い人間だ。体も大きくない。力も強くない。足も速くない。要領も悪いし、頭の回転も速くはないし、容姿も平凡で、引っ込み思案で口下手だ。

取り柄がない。いや、それ以下だ。

そんな子供に、何かを期待する人は、もちろんいないのだ。

実際、人から何かを頼まれて、褒められるくらい上等にできたことは一度もなかった。何か仕事を頼まれても、菊の要領の悪さではギリギリの及第点か、普通に失敗するかだ。そして最悪の場合として『オバケ』のイタズラで何もかも滅茶苦茶になってしまうことも、決して少なくはなかった。両親でさえ、菊に手伝いを頼もうとはしない。学校のみんなも同じだ。菊のことは、ただそこにいるだけの、戦力外の存在として扱っている。なぜならそれが一番丸く収まるのだ。

何かをさせるにしても、最低限の、どうでもいいことしかさせないし、大事なことからは外す。自分だってそうするだろう。何かを運ぶだけで、転んでばらまいてしまうような人間に、仕事なんか頼めるはずがない。

知っている。理解している。自分には何の期待もできない。

だから――自分も役に立ちたいなんて、自分にも何かをさせてほしいなんて、菊は自分の口から、人にはとても言えなかった。

人の助けを借りてばかりなのに、人の助けになりたいなんて。

言えなかった。人に迷惑をかけてばかりなのに、自分を頼ってほしいなんて。

言えるわけがない。ましてや迷惑をかけると分かっているのに、自分と一緒に、何かをしてほしいなんて。

それなのに――

「堂島さんの曲を、三人で動画にしよう。僕ら三人の、存在の証にしよう」

そんな計画が、急に始まった。喜ぶよりも先に、動揺してしまった。夢かと思った。信じられなかった。

菊ならば、夢想はしても実現など試みもしなかっただろうことを、惺と啓は、あっという間に実行を決めた。それも、子供の口だけの夢想ではない具体的な実行だ。それを二人は「面白そうだから」というただそれだけの理由で、ごく自然に算段した。

きっとこの二人は、今までにもこういったことを、何度もやってきたのだろう。

見ていて感じたのは、自信と行動力と、それから互いの能力への信頼。そして思った。この二人は特別な人間なのだと。それから、もしかして——思った。自分は今、この仲間に入れてもらっているのだ。

完全にそうだというわけではない。もちろんそれは分かっている。

今のところは仲間というよりも、ただ菊が自分の趣味で作らせてもらっていた曲に、二人が好意と好奇心で、絵と編集を付け加えてくれるという話でしかなかった。

完全に、向こうの好意と気まぐれでしかない。

でも——思った。その前提として、それをするだけの価値を、菊の作った曲に、認めてもらえたのだということは、信じていいのではないだろうか？

それは、初めての経験だった。

だから、信じられないでいた。

褒められた。思ってもみなかったことを。

ちまちまとやっていた趣味を、認められた。人から認められる。それは菊の、根本的な願いの一つだった。

それが、叶いつつあった。

思えば全ては、啓のおかげだった。

最初、たった二人だけ去年から残った『ほうかごがかり』として、惺から消去法で任せられた啓の様子を見守る仕事。これによって菊は啓と出会った。そしてたまたま啓を助けることができて、啓からの信頼を得た。

信頼。感謝。菊にとって、あまりない経験だった。

嬉しかった。だがこれが、まだ全ての始まりでしかなかった。

感謝されて、嬉しくて、もっと欲しくて、『ほうかご』で啓にくっついて回った。珍しく得た承認を手放したくなくて、期待に応えたくて、あれこれと協力しているうちに、気がつくと闇を彷徨っていた菊の世界が、急に拓け始めていたのだ。

啓は、菊に感謝してくれて、頼ってもくれた。

ずっと『ほうかご』でも役立たずだった『狐の窓』に、使い道を与えてくれた。

他の『かかり』の子を助けるための、〝目〟になるという使い道。その試みは、一旦上手くはいかなかったけれども、少なくとも啓はまだ可能性を捨ててはいなかったし、啓が諦めていないなら、菊にとっても同じだった。

ついて行く。そうしたら今度は、一緒に動画を作ると。

夢のようだった。今まで得られなかったものが、突然、立て続けに、空っぽだった菊の手の中に、山と積み上げられた。

菊が、こんなに満たされていたことは、過去に一度もない。

これは全て、啓が与えてくれた。

菊は浮かれている。自覚がある。

幸せと、期待と、啓に失望されたくない一心で、かつてないくらい頭の中が音楽でいっぱいになって、授業中にうっかり曲の構想をメモするのに夢中になり、先生に見つかって怒られる失敗をしたくらいに。

「はーい、授業に関係ないことしてるやつ発見ー」

近くに来ていたことに気づかず、ネチ太郎先生に腕をつかまれて手を上げさせられ、驚きと恥ずかしさで、心臓が飛び出そうになった。

「!!」

「いいかー、憶えとけ。授業を真面目に受けないやつは最悪だ。でも最悪以下なやつってのを教えてやる。授業を真面目に受けるフリもできないやつだ」

上げさせられた手をぽいと放り出され、すぐに解放はされたが、その後しばらくのあいだ菊を槍玉に、例のねちっこいお説教になった。

「お前ら、大人になったらな、会社で何の興味もない、意味もない無駄な会議を何時間とかやらされるんだぞ」

「……」

「社会で働くってのは、そういうことだ。なーんの取り柄もないやつが給料をもらおうと思ったら、真面目にやってるフリくらいしかないんだぞ。それができないやつは、最悪の下だ。すぐ無職で飢え死にか犯罪者だ。学校の授業は予行演習だと思え。学校は失敗してもクビにならないんだぞ？　ありがたさを噛み締めて、先生のつまらない授業を、つまらないと悟られずに真面目な顔して受けろ」

「……」

時々菊に視線を向けながらクドクドと続く説教の中心で、恥じ入って下を向く菊。これは普段の菊ならば、三日はくよくよしてしまうだろう恥ずかしい出来事だったが、幸いにも今の菊は、かろうじて耐えられた。

今の菊は、前を向けているからだ。

失敗にずっと思い悩んでいる暇などないくらい、前を向けているからだ。

いま一番気にしているのは、いま同じ教室にいる啓に、どう思われているのだろうという、気恥ずかしさくらい。

「堂島ー、お前も真面目にやってるフリをするしか、取り柄がない方だぞ」

「……」

教室に、少しだけ、誰のものとも分からない笑い。

だが菊は耐えられた。

菊は浮かれていて、その自覚があった。

下を向いて、しかし、心は前を向いていた。

6

その日の夜、『ほうかご』。

菊はこの日、自分の担当する教室の前まで、一人でやって来た。

啓の手伝いを始めてからは少しだけサボり気味だったが、菊はこれまでもずっと、真面目に自分の担当を管理していた。すでに去年の段階で、そうすることに意味を感じられなくなっていたが、それでも真面目に教室までやって来ては、『記録』するのとは真逆の『閉じ込める』作業を、黙々と続けていた。

――真面目にするしか取り柄がない。

先生が菊に向けた言葉は、残念ながら、事実だ。

かつての菊が、そうではない自分を夢見た、その成れの果てが、この作業だった。菊は『テケテケ』を閉じ込めた。窓に現れるそれは、窓を清めて塞がれたことで、外に現れることができなくなったが、しかし『かかり』の正規の手順ではない封印は『記録』の機会も失わせて、この『無名不思議』を解除不可能の巨大な時限爆弾に変えた。

菊がそうしたので、『テケテケ』は教室に閉じ込められて、出てくることはできない。

だから点検はするが、わざわざ作業する必要などない場合が、大半だ。

しかし、だからといって、『テケテケ』が教室を出てこようとしている試みが、途切れることはない。いつだって、『テケテケ』は出てこようとしていた。きっと、菊の五体をバラバラにするためにだ。

たまに、何かがある時がある。

そして、今日はまさに、そんな日だった。

菊は、箒を持って教室に向かう。だが、途中で気づいた。途中の廊下の空気が、いつもとは違っていたのだ。

しゃ――――っ、

と砂のようなノイズが、鼓膜を引っかく、薄暗い廊下。

その中を一人、菊が教室へ向けて歩いていると、廊下に漏れる教室の明かりが見え始めた辺りで、ずっと空気に触れていた脚と腕のむき出しの肌に、そーっ、と冷気が、絡みつくように触れたのだ。

「！」

ひた。と菊は、そこで足を止めた。

そして廊下の真ん中に立って、箒を握りしめて、通路の先を、じっと見つめた。

「……」

真っ黒な窓に挟まれた薄暗い通路が、前方に続いている。

その先には煌々とした明かりを放つ、ビニールテープで乱雑に封印された教室の窓が、どこか不吉で不安をもよおす光を廊下に漏らしていた。

そして────

その出入口の戸が、開いていている。

戸が半分ほど開いていて、そこから教室の中の光が、廊下に真っ直ぐ落ちて、戸に貼られていたビニールテープが、はがれてダラリと垂れ下がっていた。

これは、普通ではありえない状況だった。

この教室の戸を開けることは多くないし、まして開けっぱなしのまま立ち去ることなど、いくら不注意な菊でもやったことがなかった。

そしてそもそも、異常はそれだけではないのだ。

開いている戸の、廊下の床に、

べた、べた、べた、

と血の手形が、開いた戸から落ちた明かりの中に、くっきりと捺されていたのだ。

それは血まみれの人間が、床を這って廊下に出てきたかのように、べたべたと教室の中から続いていた。足はなく、手だけ。それは戸から漏れる光から出て、しばし続いた後、廊下の途中で途切れていた。


「…………」

音はない。

気配もない。

菊はしばし、そうやって無言で立っていたが、やがておもむろに足を踏み出して、手形のそばまで歩いて近づいた。

そして、肩がけのバッグからビニールの小袋を取り出し、中に詰まっていた白い粉末を、手形のある床にばら撒いた。塩だった。菊はそのまま小袋の中身を全て床にまくと、手にしていた箒で、巻いた塩を掃き始めた。

「……すう」

まず息を吸い、吐き、集中して、床にまいた塩を丁寧に掃く。

しゃっ、しゃっ、

塩が、箒に追いやられて、床を拭う。そして、その追いやられた白い結晶が血の手形を巻き込むと、拭き取られたかのように、手形が消えてなくなった。

一つ。二つ。塩が手形を覆うたび、赤く汚れるわけでもなく、魔法のように手形が床から消える。いや、事実、それは魔法だ。菊は神妙に、黙々と手形に沿って塩を掃き集め、やがて全ての手形を消し去って、そのまま教室の出入口まで箒を進めた。

「……」

戸口からは、煌々と明かりが漏れていた。

その明るい教室の中は、廊下とは別世界で、そして戸口から出て廊下に続いていた血の手形は、まるで切り取ったように、教室の床には全く見当たらなかった。

菊は、粛々と塩を、その出入口まで掃き集めた。

そして戸に沿って、そこを境にするように、一直線に塩の白線を作ると、深く息を吐いて肩から力を抜いた。


「……はあ」


無事に終わった。

おばさんから習った――オバケから身を守るための、〝お清め〟。

箒を使ってオバケや他の悪いモノを追いやって、家や部屋から外に出したり、中に入れないようにしたりするためのおまじない。

「箒はね、冗談みたいだけど、魔法の道具なのよ」

おばさんは、そう教えてくれた。

「大昔から、神社とかお寺とか、それから陰陽師みたいな人が、お清めに使ってたのよ。陰陽師は知ってる？　知らない？　昔はちょっと流行って有名になったんだけど。まあとにかく、普通のゴミだけじゃなくて、オバケとか妖怪とか呪いとか、そんな目に見えない悪いモノを全部、ケガレ、って呼んで、それを掃いて追い出すおまじないに使ってたのよ」

そう言って、やり方を指導してくれたのだ。

菊が持っているこの箒は、〝お清め〟のための特別なものだ。

普通の掃除には使わず、塩と水で清めて、部屋に置いてある。

これを使って、菊は『テケテケ』を教室に閉じ込めた。教室の窓から出てきて、追いかけてくる『テケテケ』を閉じ込めるため、窓を清めてテープで塞ぎ、そのあともしばらく試行錯誤をした末に、ようやくこの状態を作り出して安定させたのだ。

それでも三週間くらいに一度は、こうして境界を越えられる。

だが、『窓』から出てきたのではない『テケテケ』は、存在がとても弱かった。

窓にさえ気をつけていれば、この教室にいる『テケテケ』は、大したことができない。ただし、その『窓』にはあらゆる窓と呼ばれるものと、窓に見えるものが——その中には『狐の窓』が——全て、含まれていた。

最初、『狐の窓』で『テケテケ』を見ようとして、爪で指を傷だらけにされたのだ。

その『記録』を提出した時、『太郎さん』は言っていた。


「なるほど、キミが『狐の窓』を持ってるから、キミの担当は『テケテケ』なんだな。窓から上半身を出していて、見えている場所以外は存在しないそれが、窓から飛び出して追いかけてくる怪談。キミの『狐の窓』で、それを再現しようというわけだ。キミは少しでも長く生きたいなら、それは使わないほうがいいね」


つまり、そういうことなのだろう。

この『テケテケ』は、菊を陥れるために、そのように生まれたのだ。

そしてきっと『無名不思議』というのは、全てそうなのだろう。全ての『無名不思議』は最初から担当の『かかり』を苦しめるための特徴を持って生まれて、『かかり』を苦しめては恐怖と苦悩と苦痛を食べて、より邪悪に、より悪質に、より苦痛に、いずれ『かかり』の命か正気を食べてしまうまで、育つのだ。

そんなふうに生まれて、そんなふうに育つのだ。

一年間と少し、ずっとそうなった『かかり』たちを見てきた。

そして今、菊の〝お清め〟によって教室に閉じ込められた、『テケテケ』も。まさにそれをしたことが原因で、『テケテケ』のいる教室が、いつ爆発するかも分からない、地獄を閉じ込めた爆弾のようになってしまっているのが、何よりの証拠だった。

決められた『記録』以外の対策は、その努力も能力も苦悩も逃避も、全て『無名不思議』の餌になる。

菊は、最初から失敗した。

そしてすでに、手遅れだった。

やり直すことはもうできない。引き返せない。菊は今、ただ運がいいだけ。ギリギリで生きているに過ぎないのだ。

確実に、終わりの時はじわじわと近づいている。

最初は一ヶ月以上越えられることのなかった境界が、今は二、三週間で破られる。

自分の失敗によって生み出された、だんだんと凶悪になってゆくのを感じている、そんな今の『テケテケ』。菊はしばらく教室を眺めると、まだ開けっぱなしにしていた戸の、そこに引いたばかりの境界の外から、何ヶ月かぶりに、『狐の窓』で透かし見た。


教室の中は、血みどろになっていた。

窓を透かせて見えたのは、異常な光景だった。床は血だらけ。机の上も。壁も。窓も。そして、教室の後ろの壁に貼られたクラス全員ぶんの肖像画から、あふれたように血が流れ出して壁を汚していて、さらに絵に描かれていたはずのクラスの子供たちが、全員その中から消えていた。

絵は背景だけになっていた。人物がいない。

そして教室に、それがいた。歪で未熟に描かれた、上半身だけの子供たちが、そこから下は描かれていない断面を椅子に乗せて、ずらりと席についていた。

それは見ていると気が狂いそうな光景だった。

ずらりと席についている、腹部から下を切断された子供たち。それらは確かに肉の体として存在していたが、形が子供の絵そのままに歪んでいて、顔も頭も腕も全てのパーツがバランスを欠き、皮膚は濁った水彩絵具の色をしていた。

明らかに髪の毛ではない材質の頭髪。和紙で成型したような服。

形と質感を得たからこそ醜悪な、粘土細工のようなそれらは、しかし生きた呼吸と身じろぎをしながら、腹部の断面から真っ赤な血を滴らせながら席についていた。

腰が失われているぶん、明らかに背丈がおかしい授業風景。それらは形のおかしい焦点の合っていない目で、何も書かれていない黒板を見て、まるで授業を受けているふりをしているかのように、煌々と明るい教室の中に座っている。

全員が、だらりと椅子の両脇に、両手を垂らしていた。

その手のひらは一様に赤く血で染まっていた。血で汚れているわけではない。それらは一様に手のひらの皮膚と肉がすり減って、削れて剝き出しになり、さらに爪が剝がれるか、さもなくば剝がれかけているのだ。

どうしてそうなっているのかは、明らかだ。

血で汚れた床は、まるで無数の何かが走り回ったかのよう。両手を足の代わりに使い続ければ、靴も履いていない手のひらは、当然こうなるのだ。

「…………」

血に塗れた、紛い物の教室。

それが見えた。そして、その教室の中にいる紛い物の子供たちは――見られてい、る、、ことに、すぐに気がついた。

、ぐる、

と数十の歪んだ貌が、一斉にこちらを見た。

そして直後、それらは歪な目を見開いて、次に歯並びの壊れた口を開き、首と肩と腕を滅茶苦茶な位置の関節で振り回しながら一斉に椅子を飛び降りて、びたびたと血で濡れた床を削れた両手で激しく叩き、おぞましい群れとなって菊に向けて殺到した。

「…………っ!!」

瞬間、菊は『狐の窓』を組んだ手を離して、ばん！　と急いで戸を閉めた。
直後、戸の内側に大きな何かがぶつかって、どん！　と激しく音を立て、そのすぐ後に戸のあちら側を、無数の手が引っかいた。

がりがりがりがりがりがりがりがりがりがり！

戸を引っかく、恐ろしい音。
その音に聴覚を引っかかれながら、菊は箒を握りしめて廊下に立ち、引きつった面持ちで息を詰めて、音を立て続ける戸を見つめた。

「…………………!!」

じっと、息を詰める。

そしてそのまま長い長い、ひどく長く感じる時間が、過ぎる。

だんだんと、少しずつ、戸を引っかく音が減り始める。そこからさらに長い時間を経て、ようやく音が、完全に止まる。

ばくばくと、心臓が鳴っている。

視線を少し横に向ける。ビニールテープを貼った窓から垣間見える教室は、明るく無機質で静謐で、『あれら』はおろか血の痕のひとつも見当たらなかった。

それでも菊は、緊張を解かない。

解けない。久しぶりに見た『テケテケ』の教室は、前に見た時よりも、地獄の度合いを増していた。

そもそも最初。去年の最初の日に菊が見た『テケテケ』は、一枚の特に出来のいい肖像画から這い出した、一体の『それ』だけだった。

だが〝お清め〟によって閉じ込めた結果、最初のうちは大人しかったが、そのうちだんだんと観察も危険なほど荒れ狂い、やがて他の肖像画からも『それ』が次々と生まれて、手がつけられない事態に陥った。

もしもいま境界が破られたら、きっと菊は終わりだろう。

何ヶ月も前からそんな感じだった。その上でずっと、悪化の一途を辿っている。

いつか菊は、この地獄に呑み込まれるのだと思う。
いつか、きっと。でも。

――もう少し。もう少しだけ。

今なら、今なら死んでもいい。でも、もう少しだけ。
もう少しだけ、この満たされた時間を。

「……もう少し、待って」

菊は、つい今しがたまで音を立てていた、教室の戸に向けてつぶやくように言って、戸を見すえたままバッグから、『日誌帳』を取り出した。

†

『日付』7月14日
『担当する人の名前』堂島菊

『いる場所』四年一組
『無名不思議の名前』テケテケ
『危険度』４（危害あり）
『見た目の様子』上半身だけの絵の中の人物。
『その他の様子』教室から出てこようとしていました。
『前回から変わったところ』クラス全員の絵が全部出ていました。
『考察／その他』久しぶりに狐の窓で確認しました。もう最後にしようと思います。

七話

『こちょこちょおばけ』
ある学校の校舎の壁に2センチほどの
小さな穴があいていて、
そこに現れるといわれているお化け。
穴に手のひらを当てると、
手のひらをくすぐられるという。

1

「……ああ、確かに気になってた。それ」

菊の提出した、『テケテケ』についての『日誌』。

何ヶ月かぶりに更新されたその内容に『太郎さん』が言及し、あの教室で何があったのかの聞き取りが行われると、それを聞いた啓が、こんなことを言い出した。

「授業とかでみんなが描いてる肖像画は、胸から下がないな、って、ずっと思ってた。画用紙の外側にあるはずの部分を意識して描いてないから、あれだと画用紙の中に描いてある部分だけしかなくて、その下はすっぱり切り取られてるように見えるんだよ。言われてみると、それだと確かに『テケテケ』だよな……」

自分の胸の下のあたりに、指で線を引くようにしながら言う啓。ここにいる全員、授業で肖像画を描いたことがあるし、菊などは『テケテケ』を担当している当事者でもあるが、同じ絵を見ていても啓とは見え方の次元が違うようで、誰も啓が言うことをおかしいと思ったことがなく、感心とも戸惑いともつかない空気が部屋の中には広がった。

「そ、そうなんだ……？」

「見えまではしないかなあ……」

「……」

そんな、十五回目の『ほうかごがかり』。

二人の犠牲が出て、最初に比べるとひどく活力の失われた気配のする『開かずの間』だったが、しかしそれは見方を変えると〝落ち着いた〟とも言えなくもなかった。

もちろん犠牲者が出たという事実と、いつ自分にそれが降りかかるか分からないという、重苦しさと緊張は拭えない。だが、火急の危機を訴える者が今はいないこともあって、ここ二回ほどの『かかり』の雰囲気は、今までで初めてと言っていいかもしれない、奇妙な平穏のようなものを帯びていた。

みんな、静かで、騒ぐ者も、反抗する者もいない。

ただ報告をして、状況について少しだけ話をして、『しごと』のために解散する。

それは、死刑囚の諦めのような平穏。

あるいは、あまりにも異常な事態に現実感を失って、諾々と言われたことをこなしているだけの、感情の乖離したような平穏。

「なあ」

　そんな中で、啓が言った。

「本当に誰も、僕の手伝いはいらないのか？」

　それは啓が、瀬戸イルマの死の後から、ずっと訴えていることだった。

「僕は結果に納得してない。まだこの『題材』を描けてないって感じてる。もっと描けるはずなんだ」

　口数も主張も決して多くはない、啓にしては珍しい、熱の入った話しぶり。啓は他のみんなに、そうやって『無名不思議』を描いてほしい人はいないかと、ずっと問いかけていたが、意外にもそれに応じる者は一人もいなかった。

「啓、何度も言ってるけど、僕は何があっても、君に自分の『無名不思議』を押しつける気はない」

　惺は言う。

「それよりも君は、早く自分の完全な『記録』を作るべきだ」

「今のところその気はないよ。もう描いた題材だから。しばらくはもういい」

　啓は、そう応じる。

「それに、その完全な『記録』とやらを作ったら、僕は『かかり』じゃなくなるかもしれないんだろ。そしたらもう描けなくなるじゃんか」

「それをするべきなんだ」

断じる惺。互いに拒否して二人の話は終わり、次に啓は菊と一度視線を交わし、何らかの無言の意思疎通を交わす。

啓は最後に、留希へと目を向けた。

「君も？　君も僕の手伝いは、必要ないか？」

「うん、ぼくは――大丈夫」

問われた留希は、控えめながらも、はっきりと断った。

「ぼくのは、全然怖くないやつだから、他のみんなのが全部終わってからでいい。たぶん、全然危険じゃないやつだし――それにきっと、ぼくのは絵で描いても、全然面白くないやつだと思うし――」

そう、胸の前に『日誌帳』を抱えながら言う留希。どことなく言い訳じみたところのあるその返答を聞いて、啓は少しだけ考える表情になって、それから惺と『太郎さん』に、疑問を向けた。

「……なあ、ありえるのか？　怖くない安全な『無名不思議』って」

「ゼロではないな」

そう『太郎さん』は答えた。

「ものすごく少ないけど、ほんの時々、ある。無害だったり、それどころか助けてくれたりするやつも、あるにはある。ないことはない。一応。少ないけど」

「む……」

その返答に、啓も黙るしかない。

惺は言った。

「僕は、それでも油断するべきじゃないと思うけどね」

だが、こうも言う。

「小嶋君には、ちゃんと相談してほしい。ただ啓が絵を描くのにも、賛成はできない」

「惺……」

不満そうにする啓。

そんな様子を、渦中の留希は、ただ困ったように見ている。

胸に『日誌帳』を抱き、顔の端の髪の毛を居心地悪そうに手で漉きながら、女の子のように見える容姿を、ただそこに立たせている。


………………

†

『日付』 4月19日

『担当する人の名前』小嶋留希
『いる場所』校舎裏
『無名不思議の名前』こちょこちょおばけ
『危険度』１（怖くもなんともない）
『見た目の様子』手のひらくらいの穴
『その他の様子』手を当てると、中から触られる
『前回から変わったところ』なし
『考察／その他』なし

†

最初の『ほうかごがかり』の日。小嶋留希は、気がついた時、校舎裏にいた。

「……えっ？」

自分の机に、「ほうかごがかり　小嶋留希」という、意味の分からない落書きがされていた

日の夜。音割れした学校のチャイムの音に飛び起きて、勝手に開いていた部屋のドアへと近づいた途端、いきなり背中から突き飛ばされて——転んだ状態から立ち上がった時、留希がいたのは、留希もよく知っている、小学校の校舎裏だった。

「…………」

真っ暗な、深夜の小学校。

近くの街灯の明かりだけがかろうじて届いている、校舎の壁と背の高い生垣に挟まれた、そう広くもない空間。

「えっ……えっ？」

思わず見回す、訳のわからない状況。

さらに自分が身につけているのは、全く覚えのない、制服のような服。

だが——そんな意味不明な状況にもかかわらず、留希の目がまず最初に釘づけになったのは、目の前の校舎の壁だった。コンクリートの校舎の壁に、子供の手のひらで覆える程度の決して小さいとは言いがたい大きさをした、〝丸い穴〟があったのだ。

「えっ……」

留希は、校舎を前に、立ち尽くした。

ただの穴。しかしそこに穴が空いている事実は、こんなにもささやかでありながら、他の全ての異常を圧する違和感だった。

留希の知っている学校の壁に、こんな穴は存在しない。

知っている。見ている。それにこんな大きさの、明らかに校舎の中まで貫通していると思われる深さの穴は、あれば先生が塞いでいるだろうし、そうでなければ小学生のおもちゃにされているに違いないのだ。

薄暗い校舎裏の、灰色の壁に、黒々とした穴が空いている。

日常の光景に空いた、黒い穴。あまりにも身近な違和感。その身近さが、本来ならば感じるべき、他の大きな異常を押しのけて、真っ先に留希の目を釘づけにした。

中は暗くて、墨を満たしているかのように、全く中が見えない。その穴は硬い建材の壁に刃物で切り取ったかのように空いていて、留希は思わずその不思議な穴を確認しようと、そーっと壁に向けて手を伸ばした。

「……」

人差し指の先を、穴に近づける。

視線を吸い込むような真っ黒な穴。近づく指。自分の心臓の音。

そして、穴の縁に、指が触れる。ざらついた壁の表面に対して、穴の断面は奇妙になめらかで、建材に含まれる気泡の痕跡らしきものが指の感覚にかすかに引っかかるばかりの、さらさらとした手触りをしていた。

そんな断面を、指先でなぞる。

なぞって穴の奥へ、指先を進める。

そうして指の先が、穴の奥の暗闇の中に入った時。

、、、

こしょ、

と暗闇の中で、

指先を何かに触られて────

「────────ッ!!」

女の子のような悲鳴をあげて、留希は手を引っ込めた。

その悲鳴を聞きつけて、惺が校舎裏に駆けつけてきたのは、その後すぐのことで────これが留希と『こちょこちょおばけ』との最初の出会いで、『ほうかごがかり』としての留希の生活の始まりだった。

2

小嶋留希。小学五年生。男子。

でも一見で留希を男の子だと思う人は、多くない。

容姿も髪型も服装も、完全に女の子のものではないが、どれも明らかに女の子寄り。ついでに言うなら名前も。そして、そのうちのどれ一つとして、留希が自分の意思で選んだものはないのだ。

留希は、望まずに女の子のような格好をさせられている。

お母さんの着せ替え人形だ。生まれてからずっとそうだ。

幼稚園くらいまでの頃は、「可愛い可愛い」と褒められるので、それが嬉しくてそれほど疑問に思わなかった。だが小学校に上がった頃から、「可愛い」よりも「変」と言われることが増えはじめ、それにともなって徐々に周りから浮きはじめ、さすがに自分でもおかしいと思い始めた。

お母さんは、留希の服も、持ち物も、髪型まで全部決めている。

留希はお母さんが買ってくるまま、用意するまま、されるがままに、服を着て、散髪して、鞄を持って、そして髪を整えられて学校に出かけるのだ。

もちろん、小学生男子の大半が似たようなものだろうが、事情が違う。今の留希は、こんな格好は望んでいない。だが留希には、自分で服を選んで買ったりする自由はなく——さらにお母さんは意に沿わないことがあると金切り声をあげて怒り出すタイプの人間なので、おとなしい性格の留希は、文句や不満を言うことができなかった。

お父さんは頼れなかった。

お父さんは、お母さんと顔をあわせるたびに怒鳴りあいの喧嘩をするほど仲が悪く、ほとんど家に帰ってこないのだ。

そして、留希に関心がない。

というよりも、留希のことに口を出すと喧嘩が激しくなる一方なので、関わらないようにしているうちに、情も関心もなくしてしまった感じだった。

お父さんにとって留希は、触ると非常に面倒な、お母さんの付属品でしかない。

そうなってしまった。逆にお母さんは留希を溺愛している。大事な大事な人形として。大事な大事な作品として。

だから口を出されると、烈火のごとく怒る。一度、二年生の時に担任の先生が留希の状態を気にかけて、面談でやんわりと注意したことがあったのだが、それはお母さんの逆鱗に触れてしまい、校長先生が家まで謝罪に来なければならないくらいの大騒ぎになって、それからは学校では、留希の問題は「多様性」という言葉で蓋をされて、できるだけ触ってはいけないものになった。

多分、お母さんは、男の人が嫌いだ。

だが、そんなのは、子供には関係がない。

留希は――「女の子みたい」な留希は、いつだって一定数の子からは、からかいの対象だった。そのからかいは、言う側からすると面白い冗談のつもりなのだろうが、望まずにこんな格好をしている留希にとっては切実な屈辱だった。

しかしおとなしい留希は、言い返すことも道化のふりをすることもできず、泣きながら家に帰るような日も、何度かあった。だがお母さんは、子供同士のことには全く無関心だ。自分が留希のことで何かを言われることは異常なくらい嫌ったが、留希が同級生から何かを言われることは「そんなのほっときなさい」の一言で済ませた。

そんな状況が、何年か続く。

そして気がついた時――留希は明らかな、『いじめ』を受けはじめていた。

――留希は、いじめられっ子だった。

女男。留希が「女の子みたい」であることを、特にしつこく馬鹿にする男子がいて、その男子が留希につけたあだ名だ。

四年生で同じクラスになった、王子烈央という、留希と真逆の意味で冗談のような名前の男子。小さい頃から柔道をやっているのだという、その縦にも横にも体格のいい男子は、留希のことを認識するや否や、すぐさまからかいの対象にして笑い物にした。

「恥ずかしくねえの?」

この服装で、かつ物怖じする性格の留希は、最初から浮いていて、味方がいなかった。

男子にとっても、女子にとっても、異物の留希。とはいえ最初はそうであっても、本来ならそこから適度な距離で適度に仲良くするという道もあったのだが、烈央という存在によって留希はこの年、あっという間にクラスの全員にとっての完全な異物であることが確定し、馬鹿にしてもいい存在という認識で固定された。

王子烈央という男子にとって、「女みたいな男」というのは、とてつもなく恥ずかしい瑕疵であるらしかった。そして、それを積極的に馬鹿にして笑いをとる彼の行動は、クラスの中に極めて自然に、留希を軽んじる空気として、その価値観を広げていった。

そして、その価値観に囚われた者の中には。

望んでこんな外見でいるわけではない、留希自身も含まれていた。

それから留希は、毎日のように服や髪型や言動を笑われるようになった。こっそりと押されたり、足を引っかけられたり、あるいはクラスの仕事を押し付けられたりして、それを娯楽にされるようになった。

だが、それで済んだ日は「よかった」と安堵する日だ。時には持ち物がなくなったり、ゴミ箱に捨てられていたり、汚されたり、壊されたり。とはいえ先生にすぐにバレるような直接的な行動はしない。常に先生や、関係のない子たちからは見えないように――仮に見えてもギリギリじゃれあいに見えるように――あるいは留希の不注意に見えるように嫌がらせをして、そのイベントと反応を笑うのだ。

そしてクラスの何割かはスマートフォンを持っていて、留希の入っていないメッセージグループは、何かあるたびに留希の反応と、留希そのものの話題で盛り上がった。

烈央がほぼ全てを主導して、他の子は無視するか、一緒に楽しんだ。

そしてほんの時々、タイミングを見計らって、先生や他の目から離れた下校中や、たまに休み時間の校舎裏で、直接的な行動に出た。囲んだり、小突き回したり、押さえつけたりして笑いものにする。こっそりではなく、これ見よがしに目の前で留希の持ち物を壊したり汚したりする。こうして娯楽がてら、動かしようのない上下関係を確認するのだ。

当然のように毎回、大人には言わないよう口止めされる。

とはいえ留希には、そもそも告げ口する意気地は、最初からなかった。

無駄だと思っていたのだ。以前あったお母さんの件で、先生たちが留希の問題に対して露骨に及び腰になっているのは、肌で感じていた。それに何より決定的だったのは、留希の私物が壊れたり、汚れたり、なくなったりすることについて、お母さんがいじめっ子でも学校でもなく、留希のことを怒るからだった。

教科書が水浸しにされた時も。

鉛筆全部と、定規と筆箱が折られた時も。

下校中に捕まって、その女みたいな服をワイルドにしてやると言って、服に油性ペンで落書きされた時も。

留希の管理不行き届きだと、お母さんは言って。

留希の頭を思い切り引っ叩いて、何十分ものあいだ怒鳴り散らしたのだ。

――――留希は、出口の見えない地獄の中にいた。

女男という名前がつけられた、地獄の中にいた。

そんな地獄に耐えて耐え続けて、五年生。

留希はまた――――烈央と同じクラスになった。留希が『ほうかごがかり』として『ほうかご』に呼び出されたのは、まさにそんな、絶望のさなかのことだった。

†

留希は、おとなしくて素直な小学生だ。

言われたことには素直に従う。それが先生とか親とか大人とか、班長とか委員長とかリーダーとか、そういった相手なら、なおさらそうする。

それが、当たり前。

だから、

「『こちょこちょおばけ』を観察して、『日誌』をつけろ」

そんな指示をされたのにも、留希はまず従った。人の言うことは聞くもの、指示には従うものと、学校からも親からも、教えられてきたからだ。

従った。得体の知れない『ほうかご』も、『無名不思議』も、怖くて不安で、仕方がなかったけれども。そのうえたった一人の同学年の子は留希と違って反抗的だったけれども、主体性の乏しい留希は、人の言うことを聞く方が安心だった。

留希は最初の『かかりのしごと』を、素直に始めた。

怖くて憂鬱だったけれども、素直に。手渡された『日誌帳』を抱きしめ、暗がりとノイズに怯えながら廊下を移動して、玄関から真っ黒な空の下に出て校舎裏に行き、あの壁の穴の前に立った。

それは、学校の怪談だという。

でも、聞いたことがなかった。『こちょこちょおばけ』なんて。

「どこだったかの小学校に伝わってたらしい、マイナーな怪談だよ。えーと、どの資料に書いてあったか？」

最初に留希の〝壁の穴〟の話を聞いた『太郎さん』は、机の上に山と置かれた本と冊子を積み替えて探しながら、言っていた。

「珍しかったから印象に残ってるんだ。校舎の壁に二センチだったかの小さな穴があって、その穴に手のひらを当てると、何かに手のひらを、こちょこちょとくすぐられるんだそうだ。それだけの不思議なだけの怪奇現象だけど、たぶん木造の校舎が普通にあった昔の時代の話なんじゃないかと思う。今のコンクリの壁にはそうそう穴なんか空かないだろうけど、昔は木の壁や床に、わりと穴があったんだよ」

この穴を、『こちょこちょおばけ』と名づけた理由。

確かに最初、穴の中から指を触られたので、状況はちょっと似ている。

だが、本物の『こちょこちょおばけ』はきっと、こんなに分かりやすい穴ではなかっただろうと思った。なにしろ留希の目の前にある穴は、二センチどころではない。倍の大きさはあるのだ。

不自然。

異物感。

暗くて気味が悪い校舎裏で、中が塗りつぶされたように真っ黒になっていて、全然見通せない穴を、留希は見つめた。

観察する。不自然だが、ただの穴だ。

じっと見ていたが、何も起こらないし、何かが出てくるわけでもないし、何かが聞こえてくるわけでもない。

気配のようなものもない。何も感じない。

ただ、存在の違和感だけ。これだと『日誌』に書くことがない。

近づくべきだろうか？　覗いてみるべきだろうか？　触ってみるべきだろうか？　だが指に

は、最初に〝触られた〟時の感触が、記憶として残っていた。

自分の指先に触れた、自分のものよりも細くて小さい。

まるで赤ん坊のような大きさの、何者かの指。

「…………」

ありありとしたその記憶が、穴に触れることを躊躇わせた。

だがこんな風にして、ただ見ていても、何にもならないことは間違いなかった。

――穴に手のひらを当てると、手のひらをくすぐられる。

聞かされた、怪談の内容。それを何度も頭の中で反芻し、自分の呼吸と心臓の音を聞きながら、留希はずっと壁の穴を見つめ続けていたが――やがて、意を決して手を伸ばし、おそるおそる、自分の手のひらで、壁の穴を覆った。

ざらりとした、壁の感触がした。

その壁の感触が手のひらの中で、丸く欠けている。

その手のひらに感じる、すっぽりと壁から丸く欠けた空白の中心。

そこを――――

こしょ。

と何かに触られた。

ひっ⁉　と手を引っ込めた。鳥肌が駆け上がった。

顔を引きつらせ、目を見開いて、壁の穴を見る。心臓がばくばく鳴った。間違いない。この中に、間違いなく、何かが、い、い、る。

怖い。でも『日誌』を書くためには、確認しなきゃいけないんじゃ？

何に触られたのか、中に何がいるのか、確認しなきゃいけないんじゃ？

どうしよう。

迷う。怯える。立ちすくむ。

怖い。確認したくない。でも観察して、『日誌』を書かないといけない。

そして――――留希は、人から強要されることに、あまりにも慣れていた。

強いられることに慣らされていた。どんなに嫌でもやらなければならないのだと、そうするものなのだと、魂に刻み込まれていた。

だから、

「っ……！」

また、手を近づけた。

もう一度、手を近づけた。

覗き込むのではなく、手を。同じ確認するにしても、近づけるのは、目よりも、顔よりも、その方がマシに思えたからだ。

だから、

「…………！」

また、壁の穴を、手のひらで覆って。

鳴り響く心臓の音。するとすぐまた手のひらに、何かが触れた。

「!!」

飛び上がりそうになった。それは感触からすると、先に感じた小さな指先。

思わず引っ込めそうになったのを、しかしどうにか我慢すると——柔らかい、しかし爪の存在さえ感じる確かな指先の感触が、そのまま手のひらの表面を、線を引くようにして、くくっとなぞった。

『こ』

「!?」

二本の線。

反射的に感じた。これは、文字だ。

凍りついたのか、待とうとしたのか、とにかく自分でも理解していないまま、驚きと共に硬直した。そうすると、穴の中の『何か』は、留希の反応を確かめるような一瞬の間を置いた後に、手のひらの表面に、再び線を書いた。

『ん　に　ち　は』

びっくりした。驚いたというよりも、びっくりした。

話しかけられたのだ。おばけに。『無名不思議』と呼ばれている化け物に。そんなことがあるかもなんて考えもしなかった。

「こ……こんにち、は？」

戸惑いながらも、思わず壁に向けて、言葉を返した。

すると穴からは、すぐに反応が返ってきた。

『はなし

うれしい』

想像もしていなかった、友好的な言葉。

留希は、手のひらに書かれたその言葉を理解すると、先ほどまで感じていた怖さや不安が少しだけ抜けて、代わりに驚きと好奇心が、心の中に芽を出した。

そこでさらに、驚くことが書かれる。

『こじま

くん』

思わず声を上げた。

「えっ、ぼくの名前……知ってるの……？」

穴の中の何かは、言った覚えのない留希の名前を手のひらに書いたあと、そして続けて、こう書いた。

『しってる
ここで
みてた』

「!?」

『いつもきみが
ひどいこと
されてるの
みてた』

衝撃の言葉。

留希は、その言葉を理解すると、壁の穴に手を当てたまま――

「え……」

まさに、いつもそれをされている校舎裏の現場を振り返り。

それから手で覆った穴をもう一度見て。そしてそのままそこに、しばしのあいだ、呆然と立ち尽くした。

3

「……ねえ、きみって、いったいなんなの？」

『わ　か　ら　な　い』

留希と『こちょこちょおばけ』との、交流が始まった。

手のひらを介して話をする、穴の中の『おばけ』。このおばけは、生まれた時から真っ暗な穴の中にいて、自分が何者なのか分からないらしかったが、しかし友好的で人懐っこく、それから留希の境遇に同情的だった。

この『ほうかご』の校舎裏に空いている『おばけ』の穴は、もちろん昼間の校舎裏には存在していない。確認もした。しかし穴は塞がっていても、そこに存在はあるらしく、穴のあるはずの場所から見える、昼の校舎裏の様子を知っていたのだった。

『どうして
ひどいこと』

おばけは、留希の境遇に対して、言うのだ。

「それは……ぼくが、女子みたいだから、って……」

『それはへん
りゆうにならない』

「えっ……う、うん……」

『そいつが
わるいやつだから

それだけ』

「………」

『きみは
わるくない
ひどいこと
おかしい』

「うん……うん、そうだよね……ありがとう……」

おばけはそう断じる。

そう言われたことに泣きそうになって、うつむく留希に——おばけは慰めるように、まるで犬が飼い主の手を舐めるように、手のひらをこちょこちょとくすぐるのだった。

味方。

味方ができた。

学校にも家にも、今は一人も味方がいない留希にとって、おばけは、唯一の味方になった。

信じられなかった。真夜中のチャイムで呼び出され、『開かずの間』で話をされた時、どんなことになってしまうのか不安だった。それなのに、こんなことになるとは。おばけと話ができるなんて。それどころか同情されて、慰められるなんて。

今まで留希には、そんなことをしてくれる人はいなかった。

普段から少し周りから浮いていて、相談できるような友達はいなかったし、クラスではいじめられていて、さらにはお母さんは子供の間で起こることには完全に無関心で、先生は留希の事情には腰が引けていた。

意図せずかかわることになった『ほうかごがかり』の何人かは、留希がいつも着ている女の子っぽい服とは違うせいもあってか、特に隔意なく留希と話してくれている。だが、いくら思いのほか親身な態度でいてくれていても、ほとんど初対面の六年生にいじめのことなど話せないし、二人で助け合おうと約束したイルマも、当然だが助け合いの内容は『かかり』のことだけだ。

初めてだったのだ。話を聞いてくれたのは。

ちゃんと留希の悩みを知って、話を聞いてくれて、留希の現状のおかしいところはおかしいと言って、慰めてくれる相手は、人間には一人もいなかった。『こちょこちょおばけ』が初めてだった。

留希はあっという間に、おばけとの対話に夢中になった。

おとなしくて、周囲から浮いていて、しかし孤高というわけではない留希は、誰かとする友好的で普通の会話を、心の底では求めていたのだ。

『おねがい
はなせること
ひみつ』

「え、どうして?」

『ぼくも
ひと
こわい』

「……そっか」

おばけは言った。

気持ちはわかる気がした。留希も人が少し怖い。

それに、もしも『こちょこちょおばけ』が話ができると知ったら、きっとあの惺などは、あの社交的な無遠慮さで、しかもその裏に警戒と敵対の意図を持って、押しかけてきそうな気がしたからだ。

「わかった。秘密にする」

だから、約束した。留希にとって、『ほうかごがかり』などという望まずにかかわり合いになったばかりの、よく知らない子たちに割り当てられた仕事よりも、できたばかりの不思議な友達からの頼みの方が何十倍も大事に思えたからだ。

「ねえ、きみって、名前はなんていうの？」

留希は訊ねた。


『な　い』


そう答えが返ってきた。

留希は少し考えて、ためらってから、提案した。

「そっか――――じゃあ、じゃあさ、きみのこと『コー君』って呼んでいい？」

留希としては、思い切って踏み込んだ提案だった。

「『こちょこちょおばけ』じゃ長いし、ずっと『きみ』とか呼ぶのは、寂しいし。あのね、『こちょこちょおばけ』だから、頭文字で『コー君』で、そのままなんだけど……あと、こうしてぼくがしゃべって、それに一文字ずつ答えが返ってくるのがちょっと『コックリさん』みたいだって思ったからなんだけど……どうかな」

すぐに答えが返ってきた。

『い　い　よ』

「！」

少し不安そうだった留希の表情が、ぱっ、と明るくなった。

「あ、ありがとう。嬉しいな……」

『ぼ　く　も
う　れ　し　い』

おばけも、そう返してきた。

こうして、『コー君』と名付けられたおばけと。

留希との交流は、こっそり続いてゆくことになる。

†

何度かの『ほうかごがかり』を経て、『かかり』の日が来るたびにみんなの表情が暗くこわばってゆく中、留希の『ほうかご』だけは、そんなみんなに申し訳なく思ってしまうくらい平穏が続いていった。

みんな、程度の差はあれど、自分の担当する『無名不思議』に脅かされていた。だが、留希が『コー君』と呼ぶようになったおばけは、壁の穴越しに留希と話をするだけで、危害を加えてくるどころか、留希を慰めてくれる存在だった。

啓を筆頭に、日常に『無名不思議』が現れ始めて、みんながだんだんと大変なことになっていった。だが『コー君』が、留希の日常に現れる様子はなかった。むしろ留希は、現れてほしいと思っていたのだけれども。

ただ、現れてはくれなかったが、『コー君』は校舎裏を見ていた。

先生から見えないように、烈央と取り巻きが校舎裏でやっている、留希へのいじめ。

留希にとっては『ほうかご』の学校は平穏だったが、日常の学校こそが地獄だった。その境遇を、『コー君』は怒り、慰め、そしてそんな必要はないのに、自分では助けになってあげられないことを謝るのだ。

だが、それだけでも留希には救いになった。

人間に心を削られながら、『無名不思議』に心を削られてゆく『かかり』のみんなを横目に、留希は『コー君』とのたどたどしいコミュニケーションを、『太郎さん』にもみんなにも報告せず、こっそりと重ねていた。

『か　く　も　の
ほ　し　い』

そんなある日、『コー君』が言った。

『あ　な　に
か　み　あ　て
か　く』

あっ、と思った。今までずっと、何も疑問に思わずに手のひらに指で文字を書いてもらうコミュニケーションを続けていたが、そのやり方は遅くて不自由でもどかしいと、留希も確かに感じていた。

だが、だからといって他の方法が可能だとは、考えもしていなかった。

確かに指で文字が書けるなら、筆記用具を渡して穴に押し当てたノートなどに文章を書いてもらうこともできるはずで、一文字ずつしか書けないし読み取れない今よりも、ずっと早くたくさんのことを、一度に伝えられるに違いなかった。

だから。

「うん、わかった」

留希は、『日誌』を書くために持っていた鉛筆を、素直に壁の穴に入れた。鉛筆は、すとんと壁の中に落ちるように消えて、何も音はしなかった。

そうしてから、留希は『日誌』の使っていないページを押し当てる。ドキドキしながら。そしてそれ以降、留希と『コー君』とのやり取りは、今までよりも細やかなものになった。

『ここは　まっくら
ぼくは　ここでうまれた』

鉛筆を手に入れた『コー君』は、今までのやり方では伝えられなかった、たくさんの情報を書けるようになった。

『ひかる　あなが　ひとつだけある
　そこから　そとがみえる
　それが　ぼくのせかい　ぜんぶ』

　今まで、くわしいことは分からなかった『コー君』という存在。手のひらに文字を書いていたころよりも少しだけくわしく教えてくれたが、それによると『コー君』は生まれた時から暗闇の中にいて、生まれてからどれくらい経つのかも、自分が何者なのかも、よく分からないらしいことがはっきりした。

『きみのことも　そこから　ずっとみてた』

　そして一つだけ窓のように穴が空いていて、そこから校舎裏が見える。
　校舎裏でいじめられる留希のことも、『コー君』はずっと、そこから見ていたという。
　そう教えられた留希は、『コー君』が壁の穴の向こうの教室にいるのかもと思って、一度だけ勇気を出して、ちょうど反対側に当たる『ほうかご』の教室を見に行った。この時に、初めて武器がわりになるものを探して、しかしなくなってもバレそうもない刃物が、家の中になくて、マイナスドライバーを持っていった。

だが結局、その教室は暗いだけで何もなくて、特に何も起こらなくて、壁に穴も空いていなくて、何の手がかりも見つけることができなかった。あの穴は壁を貫通していなかった。まだ長い鉛筆が、真っ直ぐにすっぽりと入ってしまうくらい、深い穴なのにだ。

分かったのは『コー君』が、壁の中の、謎の空間にいるということだけ。

結局正体が分からず、少しだけ残念だったが、それはそれで別によかった。そして同時に少しだけ安心してもいた。

だって、『コー君』は『コー君』だ。

それが何者であれ、留希の友達だから。

「いいよ。『コー君』が何者でも。『コー君』だけは、ぼくの見た目は気にせずに、ちゃんと話をしてくれるから」

留希にとっては、それが全てだ。

それでいい。そう思えた。

そう思えるくらいになっていた。小学生になって以降、周りから浮いてしまって、ちゃんとした友達がいなかった留希にとって、『コー君』はほとんど初めてと言っていい、ちゃんとした友達だった。

『るきは　ぼくにとっても
はじめての　ともだち』

そう『コー君』も言う。

『ぼくの　ひとりだけの　ともだち
いじめられてるのは　かなしい
ぼくは　みるだけしか　できない』

「……ありがとう。でも、いいよ。『コー君』がいるから」

ノートに書かれた言葉を読み、壁の穴に手を当てて、留希は言う。

友達が、味方がいるから、救われる。『ほうかごがかり』になって、『無名不思議』の担当になって、周りのみんなはボロボロになっていったが、留希は逆に救われていた。

ボロボロの現実から、救われていた。

みんなとは違って。そして、だからこそ、なおのこと、『コー君』のことは、みんなには言えなかった。

留希一人だけ、毎週『ほうかご』を心待ちにしているなんて。

言えるわけがない。確かに『ほうかご』は異常で、怖いし不安だったが、そこに『友達』ができて、楽しみに会いに来ているなんて。

だから、そう悟られないように、『始まりの会』では大人しくしていた。

だんだんと疲弊してゆく周りのみんなを横目に見ながら、時にはイルマの相談にも乗りながら、何食わぬ顔で、そんな生活を続けた。

この『無名不思議』からは、何も変わったことはされないし、していないと。

この『無名不思議』とは対話ができて、ずっと交流しているという事実を隠した、嘘の『日誌』を提出しながら。

だが留希は――――自分があまりにも平穏で、啓も危機を乗り越えたこともあり、甘く見てしまっていた。周りは大騒ぎして疲弊していっているが、それでもまさか命までは取られないだろうと、完全に思い込んでいたのだ。

自分は運が良かったが、みんなは少し大袈裟だと。

そう、思い込んでいた。

だが、

まず真絢が死んだ。

血みどろの袋になって。

次にイルマが死んだ。

後を追うように。


二人も死んだ。想像していなかった事態だった。

だが、そのことにショックを受けるべき留希は、その時すでに、密かにそれどころではない事態になっていた。

いや、ショックは受けていた。

だが留希は、それ以上に自分の身に起きている事態を隠すのに、必死だった。

その頃。そして今。留希は。


手のひらに、小さな黒い穴が空いていた。

4

全ては留希の、こんな言葉から始まった。

「お昼の学校でも、『コー君』と一緒にいられればいいのにな……」

それは真絢の動向が、少し怪しくなっていた頃のこと。『ほうかご』の校舎裏で、いつものようにノートを介して『コー君』に慰められながら、普段の自分の荒涼とした学校生活を思い浮かべた留希は、ぽつりとそんなことを口にした。

朝に重い気持ちで学校に来て、烈央の嘲笑以外は誰からも話しかけられず、終わりまで過ごした日のことだった。ひたすら居心地の悪い、身の置き所のない、空虚な時間。ただ、嘲笑され遠巻きにされても、直接的なひどいことをされなかった日なので、苦痛ではあるものの、平和と言える方の日だった。

日中の学校には、留希の味方は誰もいない。

時々、イルマと『ほうかご』についての話をする時はあるが、もしもそれを烈央や取り巻きに見つかれば「女と一緒にいた」と大騒ぎされて大変なことになるので、会う時は気をつけていたし、必要のない時は避けるようにしていた。

イルマにはいじめの話はしていない。

イルマにいじめの相談なんかしても、どうにもならないことは分かりきっていたからだ。もちろん他の『ほうかごがかり』のみんなにも、何も言っていない。

部外者の六年生に言っても仕方がないことは分かりきっていたし、仮に親身に何かをしてくれるとしても、六年生に注意されたところでいじめが止むとは思えない。むしろひどくなるに決まっていたし、何より留希が『コー君』のことをみんなに秘密にしている以上、余計なことを話して藪蛇になるのが嫌だった。

もちろん先生にもだ。

先生も、親も、同じだ。留希のいじめに対して何もしてくれないし、それどころかもっと状況を悪くすることさえ簡単に想像できた。

大人は役に立たないと、留希は知っていた。

イルマは『ほうかごがかり』のことで、大人に助けを求めても無駄なことにショックを受けていたが、留希にとっては大人が役立たずであることは、とっくに知っている当たり前のことだった。

昼の留希は、孤独だった。

元々孤独だったし、新しい味方も作れない。留希の味方になってくれる人間は昼の学校には誰もいなかったので、学校で日々起こる嫌なことは、一人で耐えるしかなかった。

今までは夜もずっとそうだった。だが今は、『コー君』がいる。

金曜日の夜だけに会える味方。相談できる味方。愚痴が言える味方。そんな『コー君』が昼にもいてくれたらいいのに。留希の発言は、そんな実現するなどとは頭から思っていない本当に単なる願望で、今までも愚痴として同じようなことを何度も口にしてきていた、『コー君』相手の定番のぼやきだった。

ぼやきであり、『コー君』への親愛と、信頼の言葉。

そのたびに『コー君』からは、『うれしいけど、それはむりだよ』と返ってくる、何度目かも分からないくらい言った、お決まりのやりとりだ。

この時もそうだった。この時も、いまさら何があるとは思っていない、いつもの言葉。だが、しかしこの日ノートに書きこまれたのは、いつもとは違う返事だった。

『るきくん
いっしょにいられるよ
いられるようになったよ』

「えっ」

目を疑った。

「えっ……ど、どういうこと……？」

思わず、そう言っただけで、穴にノートを当てるのを忘れた。遅れて気づいて、慌ててノートを当てた。

『れべるあっぷ　したよ
ここじゃない　ばしょにも
いられるようになった』

回答。驚いた。信じられなかった。

声をあげてしまった。思わず「本当⁉」と、うわずった声が出た。

『ほんとう
ぼくらは　つながってる
いっしょに　せいちょうする』

その答えを読んだ。読んだと同時に少しだけ、ほんの少しだけ、長い間ずっと感じたことのなかった感覚がした。それは強い喜びに、自分の口角が引っ張られる感覚だった。

「そうなんだ……！」

心が高揚した。高揚なんて、もう長いあいだ感じたことがなかったのに。

冷えた灰のようだった心の中に、胸の中心に、すっかり忘れていた熱いものが、じわっ、と広がった。

「本当なんだね⁉　すごい！　嬉しい！」

ノートから顔を上げ、身を乗り出して、訊ねた。

「どうやって……どうすればいいの⁉」

すぐに答えが書きこまれた。

『もし　ほんとうに
ずっといっしょに　いたいなら
てのひらを　ここに　あてて』

「うん、わかった！」

一秒たりとも迷わなかった。すぐに右手を穴に当てた。

当てた瞬間、その手のひらを、尖った鉛筆で軽くつつかれたような、小さな痛みが刺し、驚いて体を固くしたが、それでも穴から手を離さなかった。

「！」

だがそれ以上は何もなく、「もういいよ」と言うかのように、手のひらをくすぐられて。

留希はそっと穴から手を離して、手のひらを見た。

手のひらの真ん中に、鉛筆の太さほどの小さな黒い丸があった。

それが『穴』だと理解するまでに、一瞬の間があった。

壁に開いているおばけの穴と、同じ種類の黒い穴。

そんな明らかな異物が手のひらに空いているのに、感覚は何も感じなかった。痛みはもちろん、違和感も、異物感も、喪失感も、何一つとして。

「…………えっ」

びっくりして、思考が止まった。

しばらくそれを見つめた後、ノートを持ったままの左手の人差し指を、おそるおそる伸ばして、手のひらの『穴』にそっと触れさせた。

指先は確かに、穴の存在を感じた。

穴を覆うように触れた指先を、こちょ、と何かが、小さくくすぐった。


「あ……」


それを感じた途端、何かに胸が満たされる感覚があった。それは留希が今まで生きてきて感じたことのなかった、心強さという感覚だった。

自分のことをちゃんと理解してくれている味方が、これからはいつも自分の近くにいるのだという感覚。こんな小さな穴だが、それでも、いつでも見守ってくれていて、週末まで待たなくても話を聞いてくれるのだという、その安心感。


「すごい……ありがとう、『コー君』……」


留希は、穴の空いた右手の手のひらを、自分の頰に当てた。

これからは、ずっといっしょだ。唯一の友達と、味方と、理解者と、これからはどんな辛い時も、ずっといっしょにいられるのだ。

目を閉じた留希の頰を、こしょ、と穴がくすぐる。

それをくすぐったく、嬉しく感じながら、しかしそのうちに、だんだんと冷静な考えも頭に浮かんできた。

「……そうだ……今までより、しっかり隠さないと、だよね」

つぶやいた。

今まで『コー君』について、『かかり』には隠しごとをしてきた。しかしこれからは、今まで以上にしっかりと、今まで以上に慎重に、今まで以上に多くのことを、隠さなければいけないだろう。

きっと大変だ。だが、未来は明るく見えた。

これからは一人じゃないのだ。胸の奥から、つぶやいた。

「……がんばる」

次の日から留希は、新しい生活を始めた。

手のひらに絆創膏を貼って。それが留希の新しい生活の、しるし。

今まで以上におとなしく。しかし心はずっと強く。

絆創膏の下の存在を感じることで、それを支えにして、これまでの留希では考えられないくらい、安定した心で日々を過ごすことができるようになった。

嫌なことがあった時は、手のひらの『穴』に触れ、弱音を吐く。そうすると『コー君』は指先を軽くくすぐって、慰めてくれる。

この小さな穴ではまともに意思疎通できなくて、ちゃんとした会話のためにはやはり『ほうかご』を待たなければいけなかったのは、少し残念だった。けれども、たったこれだけの小さなつながりでも、今までの生活とは、天地の差があった。

手のひらの小さな『コー君』と共に、留希は新しく歩み始めた。

相変わらず留希の日常は劣悪の一言だったけれども、今までとは違って少なくとも、前を向くことができるようになっていた。

相変わらず留希は浮いていて、相変わらずいじめられていて、相変わらずお母さんは留希に女の子の格好をさせてその結果を絶対に見ないけれども。でも今ならノートに『コー君』が書いたなぐさめの言葉を、信じることができた。

かつてノートに書いてくれた言葉。

『いつか　とんねるは　でられるよ』

と。

信じられた。『コー君』といっしょなら、できる。

心が殺される前に、耐え切れる。そう信じて、日々を耐え忍び、『コー君』に励まされながら、留希は日々を過ごした。

だからこそ――そんな時に起こった真絢の死は、衝撃だった。『無名不思議』によって救われ、『無名不思議』で命を落とすなんて信じていなかった留希にとっての大きな衝撃。けれども、『コー君』と、それから『コー君』の担当を引き当てた自分の一世一代の幸運に、留希はこのとき本当に、心の底から神様に感謝した。

留希には、担当の『無名不思議』が怖いという感覚が分からないままだった。

みんなに、留希が日常に感じている苦しさが分からないように。だから思った。もしかすると、神様がバランスをとってくれたのではないかと。みんなにとっての不幸である『ほうかごがかり』が、日常が不幸のどん底にある留希にだけ幸福として現れたのではないかと、そんなことを思ったりもした。

だとしたら。

だとしたら、密かに、少しだけ、誇らしかった。

自分の今までの不幸が、我慢が、無駄ではなかったということだから。

それはまさに、努力が報われたという感覚そのもの。だから留希は、その後に――イルマが死んでしまった時も、自分で思っていた以上に、自分でも驚いてしまったくらい、冷静でいられた。

いま自分は、報われている。

だがイルマは、そうではなかった。

報われるだけの不幸に、イルマは遭っていなかったのだろうと思った。真絢もだ。だから仕方がない、そういうことだったのだと、そう思うことで、留希は、自分の心を守ることができた。

心を守った。目をそらした。

何度も話をした女の子の死から。それを何もせずに見殺しにした自分から。

そして自分のすぐ隣にいた子が、気づくと死んでいるような世界に、今まさに自分がいるのだという現実から。

『しかたないよ　どうにもできない

きみは　わるくない』

そう『コー君』にも慰められつつ、みんなに『コー君』のことを隠しつつ、自分の心も隠して守りつつ、留希はおとなしく日々を過ごした。

全てから目をそらして。

だって『コー君』だけは、信じられるから。

そう、『コー君』となら、耐え切れるから。

秘密を抱えたままやり過ごそうと決めた。なので、立て続けに二人も犠牲になったことで六年生が心配して、あれこれと世話を焼いてくれようとしたのは、少し困った。

「僕の手伝いは、必要ないか？」

「小嶋君には、ちゃんと相談してほしい」

それを留希は、必死で固辞した。『コー君』について調べられるのは困るから。『完全な記録』とやらを作られるのは、もっと困るから。

息を潜めて、やり過ごした。

おとなしく、余計なことをしないように。それによって余計なことが起こらないように。

それから『ほうかご』だけでなく、昼間でも、同じように。自分の心と体と持ち物につく傷が、できるだけ最小限になるように、耐えて、身を縮めて、おとなしくして、そして、待っていた。

いつか必ず来る、『トンネルを抜ける日』を。

しかし留希は――ここにきて、最大の失敗をしてしまった。

ようやく未来に向けた道筋を見つけて、日々を過ごして、夏休みの前々日。あと二日しのげ

ば夏休みになって、しばらく学校に来なくてもよくなるという待ちに待った日に――より
によって見つかってはいけないものが、烈央に見つかってしまったのだ。

†

木曜日。
昼休みにトイレに行った留希が教室に戻ると、烈央と数人の取り巻きが、留希の机を勝手に
あさっていた。

「…………⁉⁉⁉」

見た瞬間、鳥肌が立った。彼らが留希の机の上に広げて見世物にしていたのは、あろうこ
とか留希が『コー君』とのやりとりに使っているノートだったのだ。

「お、来た来た」

教室の入口で立ちすくんだ留希の姿に気づいて、ノートを携帯のカメラで撮影していた烈央
が、嫌な笑顔を向ける。慌てて駆け寄って手を伸ばす留希。だがすぐさまノートは机の上から
取り上げられて、留希には手の届かない、烈央の頭上に上げられた。

「か、返して……！」

「別に盗ってねーよ。それより何これ。ポエム？」

へらへらと笑う烈央に、強く肩を組まれた。

「違……」

「服も頭も女みてーなのに、ポエムまでやんのかよ。なあ女男さあ。オマエ面白すぎだろ。どんだけ俺らを笑わせたら気が済むんだよ」

ぐい、と顔を寄せた烈央が言って、周りの取り巻きが笑った。烈央はそのうちの一人にノートを渡す。取り戻そうとして留希はもがくが、肩を組んだ格好のまま、力ずくで押さえつけられる。

血の気が引いた。最悪だった。

普段は隠しているノート。学校になんか持ってこないノート。『コー君』が留希のためにつづってくれた、言葉のノート。ときどき読み返しては、心に力をもらっているそのノートを、今日はたまたまミスで学校に持って来てしまい――そしてそんな日に限って、烈央に机をあさられたのだ。

どうして。よりによって。いつもこうだ。

絶望した。偶然、たまたま、普段はやらないミスをした時に限って、いつもいつも、狙ったように、そこを襲われるのだ。

にやにや笑いながら回し読みする取り巻き。手を伸ばそうとする留希。その手を押さえる烈央。そして言う。

「なあ、これ、自分で他人のふりして自分を慰めてんの？　『ファイト、私』ってやつ？　マジで女かよ。ウケんだけど」

「……っ！」

「まあ待て、待てよ。それよりこのポエムさあ。まるで俺らがお前のこといじめてるみたいじゃん。おかしくね？」

暴れようとする留希を、体格と力で平然と押さえつけながら、烈央は耳元で留希にだけ聞こえるように、小さな声で言った。

「これ、預かっとくから。学校終わったら返してやるよ」

「返して……！」

「嫌なら今すぐビリビリに破くけど？」

「……！」

悟る。抵抗は無駄だ。でも。

でも。

でも。

でも――

どうしようもなかった。嫌だと思っても、どうにかしたいと思っても、どうにもならないまま、ノートを奪われたまま、次の授業が始まった。

「…………………！」

嫌な汗が出た。どうしよう。

取り返さないと。あれだけは嫌だ。大事な、大事なものなのだ。

留希と『コー君』の、秘密の友情の記録。今の留希の、ただ一つの宝物。その宝物が、今まで留希の持ち物をいくつも壊してきた、いじめっ子の手中にある。

どうしよう。嫌だ。

あれだけは、なくしたくない。汚されたくない。破られたくない。捨てられたくない。

どうしてこんなことに。どうしよう。考える。

だが、いい考えなんか何も思いつかない。長く虐げられた経験が、烈央に逆らう考えを、何も思い浮かばせない。

そしてそのまま授業が終わって、放課後になって。

返してやるからと、言われるまま校舎裏に行った。

水で濡らして団子にされたノートが、砂まみれにされて置いてあった。

状況が理解できず、立ちすくむ留希の前で、かつてノートだったその塊を、烈央が笑いながら、砂まみれの運動靴で踏みつけた。

5

木曜日。

放課後。啓と菊は、前回から一週間後、早々にまた惺の家に集まった。

真絢が死んで、イルマが死んで、そして急に『ほうかごがかり』にやって来たのは、台風の目のような平穏、あるいは停滞だった。

二人もの人間が続けて欠け、そこでいきなり落ち着いてしまった、しかしとてもではないが心は落ち着かない状況。そんな状況の中で、急に何もすることがなくなった啓は、釈然としない思いを抱きつつ、目下の絵を描き進めていた。

啓がここしばらくのあいだ着手していたのは、菊が作る曲のための絵だ。

その曲が流れる動画を作るための絵。曲はまだ完成ではないようだが、全体としての音とメロディーは、すでに聴かせてもらっていた。

オルゴールのような音を主旋律にした、可愛らしくも仄暗い曲。

そのイメージ画。絵の根底に『対象の克服』がある啓は、描いてきたものの九割九分に実際のモデルがあって、抽象画や表現主義の凄さが理解できるようになるにはまだ遠いと思っていたので、イメージを絵にするのは初めての挑戦だった。

そんな課題に対して、啓が選んだやり方は、実在の重ね合わせ。

コラージュ手法。実際のモデルがあるものを組み合わせて、一つの架空のイメージを作ろうと、そう決めてから——一週間。そのあいだの自由になる時間のほぼ全てを費やして、啓はそれを描き上げた。

「わ……」

この日、惺の家へと啓が持ち込んだのは、小柄な啓が胸に抱える大きさの、油絵のキャンバスだった。惺の部屋で、イーゼルに立てかけられたそれに、菊が思わず声を上げる。まだ油絵具の匂いをはっきりと残しているそれは、そのものではないものの、見る者が見ればすぐにそれと分かる、明らかに『ほうかご』をモチーフにした絵画だった。

しかし菊が発した声は、ネガティブなものではない。

描かれているのは、夜の学校、『ほうかご』の廊下。しかし、その床は一面、色とりどりの花を咲かせる植物に覆われていて、その花びらが散って舞い上がる中に、一人の女の子が立っているという幻想的なモチーフになっていた。

小柄な小学生が持つには充分大きいが、絵画として見るならば、決して大きなサイズとは言えない絵だ。そのくらいの大きさのキャンバスの中央部に描かれた女の子は、当然だがそう大きくは描かれてはおらず、そんな人物に合わせた大きさで描き込まれた背景と植物はさらに小さく精緻。たとえば菊のような素人から見ると、どうやって描いているのかさえ想像できないものだった。

陰影によって表現された、女の子の足元に繁る草花の立体感と、廊下の奥行き。

そして画面全体に、見ている人間の目から脳の中へと吹き込んできそうな、躍動感をもって画面を舞う、無数の花弁。

その中で小さく、うつむき気味に立つ、制服を着て箒を持った女の子の姿。

顔は描かれていない。しかしモデルは明らかだ。そんな女の子が立っている景色が、全体的には薄暗く描かれていたが、しかしその中で強調された光源と、咲き誇り舞い散る花の存在によって、奇妙に可愛らしい色彩が印象に残る絵に仕上がっていた。

「すごい……」

「うん、いいね。さすが」

ただただ目を丸くして見つめる菊の横で、絵をデジタルカメラで写真に撮った惺が、画像を確認しながら言った。

「それに、思ったより、だいぶ早くできたね」

「『ほうかご』があれで暇だったし。早い方がいいと思ってさ。シッカチーフなんか、初めてまともに使ったよ」

肩をすくめるようにして、啓は答える。

菊が首をかしげた。

「しっか、ちーふ？」

「ん？　あー……油絵具に混ぜて、絵具が早く乾くようにする液。乾燥促進剤」

菊の疑問に、啓は振り返って説明する。

「絵具が乾いてないと、上に塗り重ねた時に色が混ざるだろ。それを避ける時は、普通は自然に乾くのを待ってから重ね塗りするけど、早く描きたい時はそういうのを混ぜる。そうすると化学変化で乾くのが早くなる」

「そうなんだ……」

説明を聞いて感心し、興味深そうに絵に顔を近づける菊。そんな二人をよそに、デジタルカメラの背面モニターで、絵の写真を拡大したり動かしたりしてチェックしていた惺だが、やがて『満足そう』と『楽しそう』の中間くらいの表情で、しばらくして顔を上げた。

「……うん、いいと思う。これを動画にするのが、僕の仕事になるわけだ」

そして言う。

「できるなら静止画じゃなくて、動きが欲しいよね。ここからどんなふうにして動きをつけようかな」

そうして頭の中で構想し、顎に手をやる。

啓は訊ねた。

「ん？　もう動画なんか作れるのか？」

「ああ、基本的なソフトの使い方はだいたい理解したと思う」

さらりと惺は答える。

「この絵を背景画像にして、曲を流すだけの動画なら、すぐできると思うよ。ただ、それじゃ動画としてはあんまりだから、画面に動きをつけたいと思っててさ。たとえば、こう、一部を拡大して見せながら、ぐーっ、とカメラを動かしていくとか……」

「へえ、もうそんなのができるのか。さすが頭がいいと、憶えるの早いな」

感心した啓の感想。それに惺は、どこか釈然としない表情になって、啓へのぼやきを口にするような調子で、指摘を口にした。

「……同じ期間で、この絵を描いたほどの手間じゃないと思うけど？」

「そうか？」

だが言われた啓は、特に実感もなく答え、その話は続けずに改めて自分の絵を眺めた。そして思案して首を捻ると、ぼそりと独りごちた。

「動き、か……」

やがて啓はおもむろに絵から視線を外し、床に置かれた自分の薄汚れたリュックサックへと向かう。そうして中からペインティングナイフを取り出すと、絵の前に戻ってきて、もういちど眺めながら、ズボンの腿の部分でナイフの先をごしごしとぬぐった。

そして、

「じゃあ、こんなのはどうだ？」

絵にナイフを当てて、キャンバスの表面から描かれた女の子を削ぎ落とした。

「えっ⁉」

「おい……⁉」

驚く二人の前で、啓はナイフの先端で絵具をガリガリと削ぎ終わると、平然とした態度でリュックサックの所まで戻り、今度はガサガサと油彩の道具を取り出した。

汚れが移らないよう、それぞれビニール袋に入れて保護した、絵具やパレット、画用油と乾燥促進液の瓶、筆、複数の絵具皿。それから新聞紙を取り出して、惺の部屋の床に敷くと、その上に手早く皿を並べ、絵具と油と乾燥促進剤を小分けにし、そしてそのままそれらを使って今しがた削ぎ落とした女の子を、絵の中に描き直し始めた。

「！」

ポーズが違っていた。ただの描き直しではなかった。

二人が呆気にとられる中、三十分ほどかけて描き上がったのは、あの女の子が元いた位置で、今まさにステップを踏んで回ろうとしている姿だった。

「……四回くらい描いたら、それっぽく動いて見えるようにできるか？」

そして描き終えた啓は、筆を下ろして言う。油絵でアニメーションのようなものを作ろうとしているのだと、啓が自分の頭の中だけで理解して言葉にはしなかったので、他の二人が理解するまでに少しの間があった。

「あ、ああ……」

惺は少ししてから、感心とも呆れともつかない様子で、うなずいた。

「やってみる。やってみておかしかったら、また考えよう」

「ん。じゃあ悪いけど、もう少し待ってくれ」

「わかった」

承諾する惺。啓がそこまでやってくれる。どれだけ時間がかかるのかは分からないが、誰からも異存など出ようがなかった。

「あと……そうだ。堂島さん、写真撮らせてくれないか」

「えっ⁉」

そしてそんな空気の中、啓は次にそんなことを言う。菊は動揺した。勝手にすごいことになってゆく話を、ドキドキしながら傍観していたのに、急に舞台の上に引きずり出されて、菊は顔を赤くしていた。

「これから描くやつの、ポーズモデルにしたいんだけど」

「う、うん……」

どうにか、といった様子で、うなずく菊。

「じゃあ、これ持って」

「え」

その答えを聞くと、啓は部屋の隅にあったモップの柄を取り外して、棒にして菊に持たせ、それを箒として見立てて何度も回ったり止まったりのステップを踏ませ、惺のカメラで撮影した。

運動神経の良くない菊は、わたわたと足がもつれそうになりながら、絵が絡むと少し傍若無人になる啓の指示に、必死に応える。絵の中で、箒を持って一回転しようとしている女の子の、その続きのポーズ。自分が作った曲につける絵を見せられ、そこに描かれた女の子のモデルが自分であるという状況に、ずっと浮ついている菊は、思わず何度も啓に確認した。

「や、役に立ってる?」

「……? 当たり前だろ。モデルがあるとないとじゃ、大違いだよ」

自分に自信のない菊と、単純に怪訝な啓。

その様子を、目を細めて眺める惺。そして惺は、口を挟む。

「その割には、最初はモデルなしで描けてたんじゃないか？」

「まあ、見たものはかなり憶えてるから」

啓は答える。

「でも動きを描く時は、さすがにモデルがあった方がいいよ。それに無断で悪いけど、勝手にスケッチしてた。それも参考にした」

「え？」

啓は、リュックサックの隣に置いてあるスケッチブックを指差す。惺がそれに歩み寄って拾い上げ、開き、そしてページをめくると、その中のいくつかに、誰も気がついていないうちに描かれていた『ほうかごがかり』のみんなの素描が何枚も現れた。

鉛筆で描かれた、少ない線の、しかし完全に誰だか分かる姿絵。

菊もいて、惺もいる。留希も、『太郎さん』も。そしてもちろん、真絢とイルマも。

パラパラとめくる惺と、覗き込む菊。いつの間に、という驚きと、上手さへの驚き。それから今はいない真絢とイルマへの、やりきれない思いが表情に滲んだ。

「……啓はいないけど、みんな、勢揃いだね」

ぽつりと、惺が言った。

「アルバムみたいだ。本当は、こんなアルバムが作れるくらい、全員と交流できたらよかったんだけど。僕の力不足で」

　それに対して啓も菊も、何も言えなかった。

「本当はね、今みたいなこんな集まりを、みんなでできるようになるのが理想だった。でも、その取っかかりが見えるよりも前に犠牲者が出てしまって、それからいまだに、立て直せないままだ」

　そして惺はスケッチブックをめくり、留希の描かれたページで手を止める。

「……小嶋君の信用も、まだ得られてないしね」

　ため息。

「心配だよね。本人は大丈夫だって言ってるし、実際何も起こってないみたいだけど、油断していいものじゃないし」

「まあ、そうだな」

「うん……」

　もう少しで大丈夫では済まなかった経験者として、同意する啓。菊もうなずく。

「二人も犠牲が出て、小嶋君も分かってないはずはないと思うけど、それでも僕らに頼るのは避けられてる」

「絵も断られてるしな……」

「どうすればいいんだろうね。話してたら、ほんとに心配になってきたよ。とりあえず小嶋君のことは、今まで以上に僕の方から気をつけてみる。押し付けがましいんじゃないかと思って踏み込むのは避けてたけど、彼とはもう少し、ちゃんと話をしてみた方がいいよね。今は少し余裕もできてることだし」

惺は言って、スケッチブックを閉じて、顔を上げる。

「……ねえ、啓。思いついたんだけど」

そして啓を見て、言った。

「うん？」

「『かかり』のみんなの、絵を描いてみないか？」

「みんなの絵？」

怪訝そうにする、啓。

「うん。見上さんと、瀬戸さんと。それから僕らが確かに生きた、『記録』として」

妙に感傷的な、惺の提案。

「『かかり』が死ぬと、写真は残らないからさ。絵なら、もしかして、と思って。去年はみんな仲が良かったけど、啓みたいに絵を描ける人はいなかったから」

「…………そうなのか」

少しだけ様子の違う惺に、初め怪訝そうにしていた啓だが、それだけ聞くと後は、当たり前のように承諾した。

「いいよ、わかった」

「ありがとう。ごめんな」

謝る惺。

「……何が？」

「あれこれ描かせてさ。動画のやつも、今回のも。大変だろ」

「あー……いいよ、別に」

啓は後ろ頭を掻く。

「どうせ描いてない日なんか、ないし」

そして、あっさりと、そんなことを言った。その答えに惺は、呆れたような、安心したような、誇らしいような表情で、ふっと笑ったのだった。

「さすが」

と。

そして、

「じゃあ僕も、負けないくらい、動画編集を頑張らないとね」

6

翌日。金曜日。

この日の終わりに、十六回目の『ほうかごがかり』と、夏休みを控えた日。惺は終業式を終え、帰りの会が終わると、留希の姿を探して、学校の玄関付近に立っていた。

きのう啓たちと話した通り、留希の『かかり』の状況が、実際どうなのかという心配を解消したいと考えていた。あとはできるなら信頼関係を改善する。今日でなくてもいいが、約束を取りつけるなりして、きちんと話をしたい。このまま夏休みになってしまうと、学校では会えなくなるので、そのあいだ連絡を取り合えるのが、『ほうかご』の中だけになってしまうからだ。

夏休みの間にも、毎週金曜日に、容赦なく『ほうかごがかり』の呼び出しはある。

その事実さえ、まだ留希には伝えていない。

ちゃんと話をする必要があった。

なので長期休みに際しての、たくさんの持ち帰り品が詰まったランドセルと手さげバッグを身につけた姿で、惺は留希を探して、帰宅や遊びにと下校してゆく子供たちを、エントランスの端に立って、それとなく眺めていたのだった。

惺は、人の顔や服装を憶えるのは得意だった。

そして、たくさんの子供を一度に見て世話するのも、学校での役員活動や、ボランティア活動で慣れていた。

だから、こうして全ての学年の子供たちが一斉に下校しているエントランスに立ち、視界に入っている範囲の全てで人が行き交っているような中から誰かを見つけ出すようなことも得意で。

「…………うん？」

エントランスからは完全に離れた遠くで、留希らしき人影が校舎裏の向こうに逃げるようにして消え、その後を追いかけるように大柄な男子とその取り巻きが向かったのも――――惺には見えていて、不思議そうに首をかしげた。

†

……その日の留希は、朝から怯えた小動物のように、烈央を避けていた。

あんなことがあった翌日だった。大事なノートをぐちゃぐちゃにされ、泣き伏す留希を残して笑いながら立ち去ったので、烈央たちはあれから留希がどうなったのかは知らない。しかし朝からの様子を見る限り、その効果は明らかで、二度と関わりたくない、もう何もひどいことをされたくないと言わんばかりに、烈央を避けようとする留希の反応は、むしろ逆に烈央たちを喜ばせた。

自分の攻撃で大ダメージが出た時ほど、ゲームで楽しいことはない。

この日は終業式だけなので、明らかにダメージを受けている留希にかまう時間があまりなくて、烈央たちはウズウズしていた。今日はもっと留希で遊びたい。そう思いながら終業式と帰りの会の退屈を耐えて、機会をずっと待っていた。

同じクラスで、いじめっ子を避けて過ごすなど、無理だ。

無駄な努力だ。猫と小鼠を、同じケージに入れたようなもの。飼育員の目がなくなれば、すぐに猫は鼠をケージの隅に追い詰めて、大喜びでなぶり殺しにするに決まっている。

今回の機会は、帰り際と帰り道。

帰りの会が終わった途端、逃げるように足早に教室を出ていった留希を、烈央と取り巻きは追いかけた。留希の向かった校舎裏の方へとだ。

「おい、待てよ！　女男」

そして校舎裏で、呼び止めた。

留希は、校舎裏で学校の壁に手を当てて立ち、怯えた顔で振り向いた。

「……！」

「なあ、なにやってんだ？」

立ちすくんでいる留希の様子が楽しくて、みんな笑顔。笑顔で近づいてゆく。そして昨日の続きをしようと取り囲んで壁に追い詰め、留希を見下ろしたが、そこで一同は、奇妙なものを目にした。

「……お？」

追い詰めた留希の後ろ。その壁に、穴が空いていたのだ。

昨日まではなかった穴だった。手のひらに収まるほどの、小さいとは言えない穴。

何の飾り気もない校舎の壁に、こんな穴が空いていたら、いくら何でもすぐに気がつく。今がそうであるように。そして昨日も留希で遊ぶために校舎裏にいた烈央たちだが、こんなものがあるのを、見ていなかった。

「お？　何だよそれ」

見覚えのないそれに、あっという間に烈央たちの関心が釘づけになった。そして留希があからさまにそれを体で隠そうとしていたので、烈央はそんな不審な様子の留希を、乱暴に横に押しのけた。

「何？　この穴、もしかして女男が空けたのか？」

そして言う。

「ち、ちがう……」

「うっわ、学校壊すとか、最悪だな。先生に言おうぜ」

烈央たちは、囃し立てるように言って、ゲラゲラと笑う。「ちがう、やめて」と縮こまる留希。だがはっきり言って、事実は何だってよかった。この時点でもう、そういう『遊び』が生まれていた。

烈央たちの告げ口によって、留希が先生に怒られる遊び。きっとそれは、とても面白いに違いない。だがそれは、後のお楽しみだ。それよりも今は、目下にある面白いものを確認する方が先だった。

「……すげえ穴じゃん」

壁の穴を。

こんな面白いものを、確認しないわけにはいかなかった。

留希を逃さないように押さえさせておいて、烈央は穴を確かめる。機械で空けたような綺麗な断面。中は暗くて見えないが、かなり深そう。

「深い？」

「深そう」

「貫通してんじゃないか？」

「……」

　みんなが口々に言う中、まず烈央が指を入れて確かめた。だが指先が突き当たりに触れる様子はなくて、続いてみんながてんでに穴を触る中、烈央はスマートフォンを取り出して、それからみんなの手を押しのけた。

「どけよ。これで見たら一発だろ」

　懐中電灯のアイコンを押して、ライトをつける。

「お、いいじゃん」

「頭いいな」

　そんな声を背に、烈央はライトの光を穴に近づけて、自分の顔も近づけた。

　そして、スマートフォンと壁に顔を寄せて、真近に穴の中を覗きこむ。

　するとライトの明かりに照らされて、
　白目が細かい血管に覆われて真っ赤になった目と、真正面から目が合った。

　直後。

ぶちゅ、と頭蓋骨の中に響く音がして、太いマイナスドライバーが穴を覗き込んだ目に突き刺さり、視野がぐちゃぐちゃに壊れた。

「あっ」

穴から飛び出したマイナスドライバーの硬い先端が真正面から眼球に刺さり、球面に沿って大きく逸れ、視神経が電気のようなスパークを見せた。

そのまま刺さって逸れた先端は、眼窩の内側の骨と、それを覆う薄い肉と神経に突き立って止まった。瞬間、噴き上がる激痛。ドライバーが眼球の表面を切り裂く、感触と痛み。衝撃で、目の中身が砕ける痛み。眼窩の内側をえぐられる痛み。そんな火を噴くような痛みと同時に、中身の砕かれた眼球の視界がゼリーのように壊れて、直後にそれがあふれた血液で満たされて真っ赤に、そして次に、真っ暗になった。

そして全てが、激痛に塗りつぶされた。

「あ――――――――――――っ!!」

顔をドライバーで壁に釘づけされた大柄な体躯から、スマートフォンがぼとりと落ちて、それから女の子のような甲高い悲鳴が上がった。

「あ――――――っ!? あ――――――っ!!」

目の中を、顔の中を焼く激痛と、恐怖とパニックの悲鳴。痙攣し、しかし身動きもできないまま、ただ口から絶叫をあげる烈央。

涙と血液が、眼窩から顔に大量にあふれた。一瞬のうちに囲んでいたみんなが騒然と、それから次に、パニックになった。

わっ、と蜘蛛の子を散らすように、全員が逃げ出した。烈央だけは逃げなかった。逃げられなかった。ドライバーが突き出て目を突き刺した壁の穴から、続けて細い人差し指が伸びて、その指先を目の中に突き入れて、眼窩の中で指の関節を曲げ、目の裏側から鉤のように頭蓋骨を引っ掛けて、逃げられないように固定していたからだ。

そしてそのまま、ドライバーがねじられる。

みちみちと、眼窩と眼球に突き刺さったままのマイナスドライバーが、ゆっくり中身ごとひねられる。それに従って、烈央の口からは身が縮むような絶叫が、眼窩からは血と湿った音が、それぞれ止めどなくあふれだした。

激しく痙攣する体。

口から飛び散る、血の混じった泡。

「…………………！」

その光景を、たった一人だけが、見ていた。

留希が、たった一人そこに残って、目を見開いて。

自分をいじめていた男子が目玉をドライバーでえぐられて絶叫をあげる姿と、飛び散る赤い血と、あふれ出る血で真っ赤に染まってゆく壁を。

留希だけが見ていた。

凄惨で血生臭い、自らが引き起こしたこの光景を前に、留希の口元がかすかに、引きつるように歪んだ。

7

大事なノートをぐちゃぐちゃにされた昨日。

留希は校舎裏で泣き腫らし、壁にすがりついて、長いあいだ嗚咽を続けた。

いつも『ほうかご』では穴が空いている場所に、顔を寄せて。今は穴は空いておらず、呼びかけたとしても返事は返ってこないが、しかし『見ている』のだという場所にすがりついて、留希はずっと泣き続けた。

悲しくて。そして、悔しくて。

「……悔しい……悔しいよ、『コー君』……」

泣きながら訴える。今は見えない壁の穴の、その向こうにいるはずの、友達に向けて。

大事なものを壊された。笑いながら踏みにじられた。

初めてだった。自分の持ち物を壊されて、こんな気持ちになったのは。そして、これも初めてだった。このノートは留希が今まで生きてきて、初めて本当に大事だと思った、初めての自分の持ち物だったのだ。

「…………………………っ!!」

悲しかった。悔しかった。

歯を食いしばるような憎しみと悲しみ。周囲から浮きはじめてから、気づいた時には生きていて感じる情動のほとんどが『諦め』だった留希の、それは今までに抱いたことのなかった感情だった。

胸を焼く、自分の体を引きちぎりたくなるような、激しい悔しさ。

何度も手のひらで壁を叩き、指で引っかく、行き場のない激情。留希はそうして、ずっと壁にすがりついて、埋まろうとでもするかのように自分の体を押しつけて嘆き悲しみ続けていたが――やがてどれくらいの時間が経ったころだろうか、ふと自分が手を当てている壁の感触に、違和感を覚えた。

壁に当てた手のひらに、ここにあるはずのない感触がしたのだ。

こちょ、

と手のひらを、くすぐられた感触がしたのだ。

「⁉」

驚いて手を壁から退けた。そして見た。

壁に穴が空いていた。手のひらで覆えるほどの大きさをした、綺麗な断面の穴。

信じられなくて、目を疑って、そして我に返った留希は、慌ててランドセルから授業のノートを出して、壁の穴に押しつけた。

『しかえし　しよう

ぼくは　おこってる』

ノートにはすぐさま、そう書き込みがされた。

『おこって　ぼくのちからがふえた
こっちから　あなをあけることができた』

「え……」

『しかえし　しよう　ふたりで
いまならできる
こんなひどいこと　ゆるせない
ぼくらのおもいでが　こわされた』

怒りのこもった言葉。熱のこもった言葉。それは鉛筆で、狭いスペースに押し込めるように書き込まれた小さな文字の列でしかなかったが、留希はその言葉に温度を感じた。文字の中に確かに、感情の熱を感じた。
それは留希のための、怒りの熱。

「『コー君』……」

ノートを読んでいる自分の感情と、ノートを書いた『コー君』の感情。感情が混ざりあうのを感じた。留希の悲しみと怒り。そんな留希のために発された義憤。そんな二人の感情が硬い壁で隔てられながらも、小さな穴を介して、確かに混ざりあうのを感じた。肉親とさえ感じたことのない、感情のつながり。

高揚、安らぎ、自信。そんな熱っぽい幸福が、混ざりあった感情の中から次々とあふれ出して、胸を満たした。涙が出た。初めて、自分の存在が認められたと思った。大袈裟でも比喩でもなかった。

自分を心配してくれる誰かがいる、自分のために怒ってくれる誰かがいる。心がつながっている誰かがいる。無条件で自分を愛してくれていて、自分がここにいてもいいのだと認めてくれて、自分が理不尽な目にあわされたら本気で怒ってくれる誰か。そんな誰かが自分にいるのだという実感を、留希は生まれて初めて感じた。

留希は、初めて自分が人間になったと感じた。

泣いた。

壁にすがりついて、後から後から涙を流して、声を殺して泣いた。

泣きながら壁の穴に触れた手を、『コー君』の指が、慰めるように、くすぐった。

それでまた泣いて、泣いて、泣きはらして——やがて落ち着いて顔を上げた時、留希の表情には静かな決意が宿っていた。

そして、

「――うん、やろうよ。しかえし」

留希は言った。

壁の穴の前で、ぐい、と涙を腕でぬぐうと、目元と頬の赤くなった顔を姿の見えない友達へと向けて、うなずいた。

留希は救われた。生まれ変わったような気分だった。今までの、よ、る、べ、のない子供はもういない。今は本当の友達がいる。この不思議な友達と二人なら何でもできると、今は本気で信じられた。

自分のために『ほうかご』から、こちらに来てくれた友達と。

奇跡を起こして穴を空けてくれた友達と、今から二人で〝しかえし〟をする。

『やろう　ぼくに　ぶきをちょうだい
ぼくも　いっぱつ　くらわせてやらないと
きがすまない』

頼もしく、心地いい、友達の怒り。

やるのだ。一緒に。留希は、そんな友達の思いに応えて笑顔を浮かべ、ハイタッチをするように手を上げて、ぱし、と壁の穴に触れた。

そして、日が変わって――

「――――――――――――――――――っ!!」

今、留希は目をドライバーで突き刺されて絶叫する、自分をいじめていた男子の姿を見ながら、完全に恐怖に怯えて立ちすくんでいた。

引きつった口元。引きつった顔。見開いた目。ガチガチと音を立てる奥歯。

震えていた。怯えていた。怖気づいていた。飛び散る血と、破壊される肉体と、恐怖と激痛の絶叫。自分が手引きして引き起こした、目の前の光景の恐ろしさと凄惨さに、留希は恐怖して、身動きもできなくなっていた。

「…………………………!!」

武器が欲しいという『コー君』のために穴に入れた、自分が持っている唯一の武器らしきものであるマイナスドライバー。

それが一人の小学生男子の眼球を突き刺して、破壊していた。

自分の意思が、行動がこの残虐な光景の原因なのだという明らかな証拠。これまでの〝しかえし〟をするのだという高揚はすでに欠片も残さず吹き飛んで、ただ〝とんでもないこと〟をしてしまったのだという冷たい恐怖だけが、心の中をいっぱいにしていた。

こんなつもりではなかったのだ。

こんなことをするとは、留希は知らなかった。

何も『コー君』は言っていなかった。烈央が壁の穴を覗きこむまでの計画は教えてもらったが、それからどうするつもりかは聞いていなかった。『留希をいじめた分のお返しをする』としか『コー君』は言っていなかった。

ただ、

『たのしみにしてて』

とだけ。

それが、こんな恐ろしいことをするなんて、思っていなかった。

この、あまりにも残虐で凄惨な流血と傷害と拷問に、留希は完全に頭が冷えて、血の気が引いた。手足の指が冷たくなって、頭の中が真っ白になった。死んでしまう。このままだと、絶対に烈央は死んでしまう。そこまでする気はなかったのだ。人殺しになりたいなんて思っていなかったし、大怪我をさせようとすら、留希は思っていなかったのだ。

違う。

こんなの、違う。

やめて。だがその制止の言葉は、喉から出なかった。恐怖で震えて声が出ない。ただ引きつったような息が漏れるだけ。そしてその吐息も、今まさに校舎裏の空間を塗りつぶし続けている、心臓を握りつぶすような絶叫に、跡形もなくかき消されるばかり。

違う。

やめて。

震えながら、立ちつくす留希。

やめて。

ねえ、『コー君』、やめて……！

目の前の地獄の光景を見つめたまま、ただ立ちつくす留希。

そこに、横合いから声が聞こえた。

「小嶋君……」

振り向いた。

そこには惺が立っていて、この光景と留希を見て、愕然とした表情をして、手にしていた荷物を取り落とした。

惺が駆けつけたそこには、地獄のような光景があった。

「うっ……！」

8

比喩ではない、言葉のままの『地獄』。罪を犯した人間が、地獄の獄卒に無限の拷問を受けて、肉体を破壊され続ける死後の世界。それを描いた、『地獄絵図』という言葉の元になった絵巻物から一部の場面を切り取ったような、赤くて異様で血生臭い光景が、小学校の校舎裏に現出していたのだ。

男子が一人、壁の穴から突き出た鉄の棒に目玉を貫かれ、壁に縫い止められている。大柄な男子は甲高い声で絶叫している。眼窩からはどろどろと血があふれ、飛び散って、顔と壁を赤く染めている。

そして血で汚れた鉄の棒は、目玉を刺したまま、ゆっくりと回転している。みちみちと中の肉と組織が、巻き込まれて回転し、引きちぎられてゆく生々しい湿った音が、凄まじい悲鳴の中に、かすかに混じって聞こえている。

そして――――一人、その光景を見ながら立っている、留希。

惺は持っていたバッグを取り落とし、愕然とつぶやいた。

「小嶋君……」

「！」

留希が、振り向いた。引きつった表情。怯えた表情。何かを訴えるような、あるいは何かを弁解しようとしているかのようなその表情を見て、惺は思わずその問いを、問いかけずにいることができなかった。

「小嶋君、これは――――君が？」

「……！」

留希の目が、激しく泳いだ。

思わず問いかけてしまったが、だが惺は、すぐにそれに意味がないことに気がついた。

物理現象も人の心もねじ曲げる絶対的な理不尽である『無名不思議』の前では、本人の意思など何の意味もない。

これが留希の意思かどうかは意味がなく、本当に留希の意思かどうかすら分からず、留希が正気であるかどうかの保証さえない。だからいま留希がこの質問を、認めようが認めまいが、何の意味もないのだった。

だから――

「――――――――――――――――――たすけて」

「っ！」

留希の震える口からもれた、小さな、その言葉だけで今は十分だった。

惺はすぐさまランドセルを放り出し、壁に縫い止められている男子に駆け寄って、後ろから首と頭を固定するように抱えて、ぐいと力をこめて、無理やり壁から引き剝がした。

「あぁああああああああ――――――――――――――――っ!!」

眼窩の中から肉をかき分ける音と共に、マイナスドライバーの先端が引き抜かれた。ひときわ大きな、耳を塞ぎたくなるような恐ろしい悲鳴が腕の中で上がって、傷と流血と苦痛を引き換えにして、男子が壁から解放された。

惺はそのまま倒れそうになる男子を抱えて支え、壁の穴を見る。穴からは血に濡れた細い指とドライバーが突き出ていて、ゆっくりと穴の中へと引っ込んでゆくのが見え、惺はすぐさま逃すまいと手を伸ばし、ドライバーの先端をつかんで、思い切り引っ張った。

「くっ!!」

血でぬめり、抵抗もあったが、先端の出っ張りを握りしめて、ドライバーを奪い取った。

留希が武器代わりにしていたドライバー。その凶器を地面に投げ捨てた惺は、

「大丈夫か!?」

と呼びかけて、抱えている男子に目を向けた。

怪我の様子は？　呼吸は？　意識は？

確認しようと、片腕で後頭部を支え、血まみれの顔を上に向けさせて、それを覗き込む。

そこには。

男子の顔面に、真っ黒な穴が空いていた。

そしてその向こうからこちらを見る、真っ赤に充血した目と、目が合った。

どつっ。

喉に、強い衝撃。

「……⁉」

小さな、しかし強い衝撃。ぐっ、と一瞬、息が止まった。

そして——その止まった呼吸が、元のように再開することはなかった。喉からせり上がったのは血の味。息の詰まった感覚と、そこに宿った灼熱の痛みが、塊のようになって喉の真ん中に残留し、呼吸を堰き止めていた。

視線を下に向けた。

男子の顔に空いた穴から、鉛筆が突き出していた。

パステルブルーの可愛らしい色をした長い鉛筆が、男子の顔に空いた穴から生えて、惺の喉に深々と突き刺さっていた。

間があって、堰き止められていた呼吸が決壊し、ごふっ、と咳きこむ。すると空気の代わりに大量の血液が口の中にあふれ、それと同時に止まっていた時間が動き出したように、喉の苦痛と窒息が灼熱して、一気に意識が遠くなった。

「————っ‼」

まずい。刺さった鉛筆を、震える手でつかんだ。

つかんだまま歯を食いしばって、途切れそうになる意識をかき集めると、抱えていた男子の頭を下ろして、転がるように身を離した。

地面に膝をつき、片手をつき、そして喉の鉛筆を、ゆっくりと引き抜く。喉の中に埋まっていた鉛筆の先端が強い痛みと共に肉から抜け、それを投げ捨てると、同時に口の中に溜まっていた血と唾液が混ざったものを、ばしゃっ、と地面の上に吐き出した。

「うっ、ぐ……おえ……げほっ！」

そして直後に反射で体が空気を求めて息を吸い込んだ途端、気管の中に大量の血が流れ込んで、肺が血で溺れた。まずい。息ができない。喉を押さえる。その場で横倒しに倒れて、服の胸元を、強くつかんだ。

切迫した意識が、留希の声を聞いた。

「やめて……『コー君』、やめて……！」

何かに向けて呼びかけながら、訴えかけながら、留希が駆け寄る。そして壁の穴との間を遮るように体を割り込ませ、かばうように膝をついて、どうにか惺のことを助けようと、必死の様子で手を伸ばした。

「やめて……なんで……！」

留希は泣きそうな声で言いながら、惺の首のあたりに触れる。

だがその途端、その部分に激しい痛みが、文字通り突き刺さって、惺は声の出ない悲鳴を上げた。

「がっ――――――――!!」

「えっ⁉　え、え⁉」

驚いて手を引っ込める留希。

そこには、たったいま留希が手を当てていた場所には、もう一本の長い鉛筆が、深々と突き刺さっていたのだ。

「な、なんで……⁉」

見る。

手のひらを。

そこに、穴が空いていた。

黒い穴が――――留希の手のひらのほとんど全てを覆い尽くす大きさの穴が手のひらに空いていて、そこから突き出した鉛筆が、惺の首を突き刺したのだ。

「えっ……？」

呆然とする留希。立ち上がる。後ずさる。突如として狂犬のように暴れ出した、自分の手のひらに怯えて、逃げるように後ずさる。

惺は見上げる。

口を開けるが声が出ず、頭の中で、惺は叫ぶ。

小嶋君！　駄目だ！　行くな！

惺には見えていた。

留希の背後にある、壁の穴の中から、

ぬう、

と幼児のそれを引き伸ばしたような細い手が出ていて、留希の背中へと向かって、捕食生物が口を開けるかのように、五本の指をいっぱいに開いているのが。

歪なそれが、後ずさった留希の腕を、つかむ。

「えっ」

留希が振り返って、自分の置かれている状況を、いま初めて目の当たりにして——大きく目を見開いた。

駄目だ！　逃げて！　早く！

必死に目で訴える惺。

直後にパニックになった留希が、穴から離れようと身を引き、つかんだ手から逃れようと身をよじったが、しかし手は全く離れる様子がなく、伸びた腕は張り詰めた鉄のワイヤーのように微動だにしなかった。

「なっ、なんで⁉　なんで……っ⁉」

そして留希の体が、そこで大きく、壁に向かって引きずられた。ずざーっ、と音を立てて地面に一直線の靴の跡をつけて、留希が腕によって恐ろしい力で引っ張られ、穴の方へと引き込まれた。

壁の穴の中へと、引きずりこもうとするかのように。

「⁉」

それに気づいた留希が、恐怖に駆られて暴れたが、どれだけあがいても地面に滅茶苦茶に靴跡がつくばかりで、何の抵抗にもならなかった。

「やめてっ……!!　なんで……!!」

叫ぶ留希。

そして。

「たすけて――!!」

必死の表情で惺へと助けを求め、惺に向かって手を。惺もそれに応え、その手をつかもうと最後の力を振り絞って、身を乗り出して手を伸ばして、そしてようやく互いの手が触れそうになった瞬間――

ぼろっ、

と留希の手のひらで広がり続けていた黒い穴が、指の根元に到達し。

その瞬間、すべての指が根元から脱落して、手のひらいっぱいに広がった黒い穴の中にぽろぽろと落下して、互いの手は空を切り、留希は絶望の表情で、自分のなくなってしまった手の先を見ながら、壁の穴の中に、あっという間に引きずりこまれていった。

「あ――」

絶望の表情をした惺の、目の前で。

絶望の表情をした留希は、手だけでなく体のあちこちに黒い穴が空いて。

広がってゆくそれらの穴によって、腕が、足が、肩が、腰が、みるみるうちに虫食いのように崩壊していって。

そして――崩壊した部位がことごとく、吸い込まれるように穴の中に落ちていって、やがて空中に浮かぶ黒い穴の集合体のようになった留希は、それをつかんだままの壁から伸びた手によって原初の穴へと引き込まれていって、最初から何もなかったかのように、元の穴ごと校舎裏から消えてなくなってしまった。

「…………………………」

後にはうずくまる惺と、目を押さえて倒れた男子だけが残された。

倒れた男子は、顔に空いていた黒い穴は消え去り、傷ついて血を流す目を押さえて、泣き声ともうめき声ともつかない、細い声をずっとあげていた。

その声を聞きながら、惺は呆然と目だけを開けていた。

喉から大量に出血し、気管と肺に流れこんだ自分の血で溺れて、限界を迎えつつある窒息によって意識を遠くしながら――それでも留希を助けようと必死に繋いだ最後の意識は、それが叶わなかった今、急速に失われつつあった。

「…………」

残念だった。ただただ、残念だった。

地面に突っ伏して、何もなくなった校舎裏の光景を見ながら、ゆっくりと暗闇に沈みつつある惺の意識が思ったことは、残念、というただその一言だった。

残念で、そして、申し訳なかった。

留希を助けられなかった。それだけじゃない。真絢も、イルマも。今年『かかり』になるみんなを助けようと惺は準備と覚悟をして『ほうかごがかり』に臨んだのに、結局、何ひとつとして上手くいかなかった。

もっと自分が、優秀なリーダーだったなら。

そう思わずにはいられない。最初に構想を話した時、『太郎さん』は無理だと最初から断じていたけれども――それでもどうにかしたいという思いで始めたけれども、結局『太郎さん』の言った通りになってしまった。

六年生たちは、褒めてくれるだろうか。

去年、まだ五年生だった惺を、かばうようにして死んでいった、六年生たちは。

その志を継いで、惺は頑張った。自分も同じようにしなければいけないと。結局、上手くはいかなかったけれど。

心残りは、残される二人のこと。

啓のこと。あの『ほうかご』という地獄に取り残される啓。

才能を持って生まれ、不幸な育ちをした、誰よりも、少なくとも自分より報われるべき少年を。自分が助けるべき少年を、あんな地獄に残したまま、自分は逝く。

思った。

――嫌だ。

と。思った。思ってしまった。

こんな。こんなところで。全てをなげうってもいいと思って、誰かを助けるために死んでも本望だと思って始めた『かかり』だったのに、ここで思ってしまった。嫌だと。まだ、死にたくないと。

まだ死にたくない。まだ。

だって、啓と仲直りしたのに。自分から遠ざけた啓と、また元のように話せるようになったのに、まだ助けたいのに、こんなところで――――！

気づいてしまった。

去年惺は、啓を『ほうかご』に巻き込みたくなくて遠ざけた。

そして、そこで自分の全てを捨てて、みんなのために殉じようとした。惺はもう啓を遠ざけたのだから。最も大事なものを失ったのだから。

なのに、啓が『ほうかごがかり』に選ばれた。

屋上で啓を見つけたその時に、気づくべきだったのだ。自分が本当に命を捨ててまで守りたい相手が誰なのかを。

そして決断するべきだったのだ。初志など捨てて、他のみんななど捨てて、啓だけを守るべきだったのだ。

自分が本当にすべきだったこと。

したかったこと。今になって、気づいてしまった。

自分は間違った。最初を間違った。嫌だ。まだ。僕は。


「…………………………!!」


黒く、血の混じった砂を、強く、強く、つかんだ。

だが思いに反して、自分の意識が、だんだんと消えてゆくのを感じた。

せめて――動画だけでも、完成させたかったな。

惺の意識が最後に思い浮かべたのは、まだ着手したばかりの動画の、啓の絵をこんなふうに動かしたいという、花吹雪の中で女の子がくるくると回る、ずっと思い描いていた完成予想図だった。

息を吸うことも吐くこともできない呼吸が、静かになる。

静かに惺が横たわった校舎裏が、だんだんと、騒がしくなっていった。

…………

………………………………

……………

†

学校から帰る途中、啓は、救急車両のサイレンの音を聞いた。

その音が遠く響く、からっぽの空を一度だけ見上げて、啓はそのよくあることから興味を失くして、ランドセルを鳴らして、足早に家路を急いだ。

【3巻に続く】

◉甲田学人著作リスト

「Missing1〜13」（電撃文庫）
「断章のグリムⅠ〜XVII」（同）
「ノロワレ　人形呪詛」（同）
「ノロワレ弐　外法箱」（同）
「ノロワレ参　虫おくり」（同）
「霊感少女は箱の中1〜3」（同）
「夜魔　―奇―」（同）
「ほうかごがかり1〜2」（同）
「夜魔　―怪―」（メディアワークス文庫）
「時槻風乃と黒い童話の夜」（同）
「時槻風乃と黒い童話の夜　第2集」（同）
「時槻風乃と黒い童話の夜　第3集」（同）
「ノロワレ　怪奇作家真木夢人と幽霊マンション（上）（中）（下）」（同）
「新装版　Missing1〜13」（同）
「夜魔」（単行本　メディアワークス刊）

本書に対するご意見、ご感想をお寄せください。

ファンレターあて先
〒102-8177　東京都千代田区富士見2-13-3
電撃文庫編集部
「甲田学人先生」係
「potg先生」係

読者アンケートにご協力ください!!

アンケートにご回答いただいた方の中から毎月抽選で10名様に「図書カードネットギフト1000円分」をプレゼント!!

二次元コードまたはURLよりアクセスし、
本書専用のパスワードを入力してご回答ください。

https://kdq.jp/dbn/　パスワード　rv8az

●当選者の発表は賞品の発送をもって代えさせていただきます。
●アンケートプレゼントにご応募いただける期間は、対象商品の初版発行日より12ヶ月間です。
●アンケートプレゼントは、都合により予告なく中止または内容が変更されることがあります。
●サイトにアクセスする際や、登録・メール送信時にかかる通信費はお客様のご負担になります。
●一部対応していない機種があります。
●中学生以下の方は、保護者の方の了承を得てから回答してください。

本書は、「電撃ノベコミ+」に掲載された『ほうかごがかり』を加筆・修正したものです。

この物語はフィクションです。実在の人物・団体等とは一切関係ありません。

電撃文庫

ほうかごがかり2

甲田学人（こうだ がくと）

2024年２月10日　初版発行
2024年８月30日　再版発行

発行者　山下直久
発行　株式会社KADOKAWA
〒102-8177　東京都千代田区富士見2-13-3
0570-002-301（ナビダイヤル）
装丁者　荻窪裕司（META＋MANIERA）
印刷　株式会社暁印刷
製本　株式会社暁印刷
※本書の無断複製（コピー、スキャン、デジタル化等）並びに無断複製物の譲渡および配信は、著作権法上での例外を除き禁じられています。また、本書を代行業者等の第三者に依頼して複製する行為は、たとえ個人や家庭内での利用であっても一切認められておりません。

●お問い合わせ
https://www.kadokawa.co.jp/（「お問い合わせ」へお進みください）
※内容によっては、お答えできない場合があります。
※サポートは日本国内のみとさせていただきます。
※ Japanese text only

※定価はカバーに表示してあります。

©Gakuto Coda 2024
ISBN978-4-04-915383-5　C0193　Printed in Japan

電撃文庫　https://dengekibunko.jp/

電撃文庫DIGEST　2月の新刊

発売日2024年2月9日

第30回電撃小説大賞《大賞》受賞作

新作 **魔女に首輪は付けられない**

著／夢見夕利　イラスト／縣

〈魔術〉が悪用されるようになった皇国で、それに立ち向かうべく組織された〈魔術犯罪捜査局〉。捜査官ローグは上司の命により、厄災を生み出す〈魔女〉のミゼリアとともに魔術の捜査をすることになり――？

新・魔法科高校の劣等生

キグナスの乙女たち⑥

著／佐島 勤　イラスト／石田可奈

第一高校は、『九校フェス』を目前に控え浮き足立っていた。だが、九校フェス以外にも茉莉花を悩ませる問題が。アリサの義兄・十文字勇人が、アリサに新生徒会へ入るように依頼してきて――。

ウィザーズ・ブレイン アンコール

著／三枝零一　イラスト／純 珪一

天樹錬が決着を付けてから一年。仲間と共に暮らしていたファンメイはエドと共に奇妙な調査依頼を引き受ける。そこで彼女達が目にしたのは――!?　文庫未収録の短編に書き下ろしを多数加えた短編集が登場！

9S<ナインエス> XII
true side

著／葉山 透　イラスト／増田メグミ

人類の敵グラキエスが迫る中、由宇はロシア軍を指揮し戦況を優勢に導いていた。一方、闘真は巨大なグラキエスの脳を発見する。困惑する闘真の目の前に現れた峰島勇次郎。闘真は禍神の血の真実に近づいていく――

9S<ナインエス> XIII
true side

著／葉山 透　イラスト／増田メグミ

完全に覚醒した闘真を前に、禍神の血の脅威を知りながらも二人で一緒に歩める道を示そうとする由宇。そんな中、全人類を滅亡させかねない勇次郎の実験が始まる。二人は宿命に抗い、自らの未来を手にできるのか？

ほうかごがかり2

著／甲田学人　イラスト／potg

よる十二時のチャイムが鳴ると、ぼくらは「ほうかご」に囚われる。仲間の一人を失ったぼくたちを襲う、連鎖する悲劇。少年少女たちの悪夢のような「放課後」を描く鬼才渾身の「真夜中のメルヘン」。

虚ろなるレガリア6
楽園の果て

著／三雲岳斗　イラスト／深遊

世界の延命と引き換えに消滅したヤヒロと彩葉は、二人きりで絶海の孤島に囚われていた。そのころ日本では消えたはずの魍獣たちが復活。そして出現した七人目の不死者が、彩葉の弟妹たちを狙って動き出す。

赤点魔女に異世界最強の個別指導を！②

著／鎌池和馬　イラスト／あろあ

夏、それは受験生の合否を分ける大切な時期。召喚禁域魔法学校マレフィキウム合格を目指すヴィオシアも勉強に力が入って――おらず。「川遊びにバーベキュー、林間学校楽しみなの！」魔法予備校ファンタジー第2巻。

教え子とキスをする。バレたら終わる。2

著／扇風気 周　イラスト／こむぴ

教師と生徒、バレたら終わる恋に落ちていく銀。そんなある日、元カノ・柚香が襲来し、ヨリを戻そうとあの手この手で銀を誘惑してきて――さらに嫉妬に燃えた灯佳のいつも以上に過剰なスキンシップが銀を襲う!?

新作 **男女比1:5の世界でも普通に生きられると思った？**
～激重感情な彼女たちが無自覚男子に翻弄されたら～

著／三藤孝太郎　イラスト／jimmy

男女比が１：５の世界に転移した将人。恋愛市場が男性有利な世界で、彼の無自覚な優しさは、こじらせヒロイン達をどんどん“堕”としていってしまい……？　修羅場スレスレの無自覚たらしこみラブコメディ！

新作 **亜人の末姫皇女はいかにして王座を簒奪したか　星辰聖戦列伝**

著／金子跳祥　イラスト／山椒魚

歴史を揺るがした武人、冒険家、発明家、弁舌家、大神官。そしてたった一人の反乱軍から皇帝にまで上り詰めた亜人の姫・イリミアーシェ。人間と亜人の複雑に絡み合う運命と戦争を描く、一大叙事詩。

甲田学人
イラスト◎ふゆの春秋

霊感少女は箱の中

「おまじないを誰かに見られたら、
五人の中の誰かが死ぬ――」
鬼才・甲田学人が描く新たなる学園心霊ファンタジー、開幕！

心霊事故で退学処分となり銀鈴学院高校に転校してきた少女・柳瞳佳。彼女は初日から大人しめの少女四人組のおまじないに巻き込まれてしまう。
人が寄りつかない校舎のトイレにて、おそるおそる始めたおまじない。人数と同じ数を数え、鏡に向かって一緒に撮った写真。だが皆の画面に写っていたのは、自分たちの僅かな隙間に見える、真っ黒な長い髪をした六人目の頭だった。そして少女のうちの一人、おまじないの元となる少女が忽然と姿を消してしまい……。
少女の失踪と謎の影が写る写真。心霊案件を金で解決するという同級生・守屋真央に相談することにした瞳佳は、そこで様々な隠された謎を知ることに――。

電撃文庫

夏海公司

絵：れおえん

セピア×セパレート

SEPIA × SEPARATE

復活停止

RESTORATION SUSPENSION

3Dバイオプリンターの進化で、
生命を再生できるようになった近未来。
あるエンジニアが〈復元〉から目覚めると、
全人類の記憶のバックアップをロックする
前代未聞の大規模テロの主犯として
指名手配されていた──。

電撃文庫

第28回電撃小説大賞
銀賞
受賞作

愛が、二人を引き裂いた。

BRUNHILD
竜殺しのブリュンヒルド
THE DRAGONSLAYER

東崎惟子
［絵］あおあそ

最新情報は作品特設サイトをCHECK!
https://dengekibunko.jp/special/ryugoroshi_brunhild/

電撃文庫

悪徳の迷宮都市を舞台に
一人のヒモとその飼い主の生き様を描く
衝撃の異世界ノワール

第28回
電撃小説大賞
大賞
受賞作

姫騎士様のヒモ

He is a kept man for princess knight.

白金 透

Illustration マシマサキ

姫騎士アルウィンに養われ、人々から最低のヒモ野郎と罵られる
元冒険者マシューだが、彼の本当の姿を知る者は少ない。
「お前は俺のお姫様の害になる――だから殺す」
エンタメノベルの新境地をこじ開ける、衝撃の異世界ノワール！

電撃文庫

全話完全無料のWeb小説&コミックサイト

NOVEL 完全新作からアニメ化作品のスピンオフ・異色のコラボ作品まで、作家の「書きたい」と読者の「読みたい」を繋ぐ作品を多数ラインナップ。

ここでしか読めないオリジナル作品を先行連載

COMIC 「電撃文庫」「電撃の新文芸」から生まれた、ComicWalker掲載のコミカライズ作品をまとめてチェック。

電撃文庫&電撃の新文芸原作のコミックを掲載!

最新情報は
公式Xをチェック!
@NovecomiPlus

おもしろいこと、あなたから。

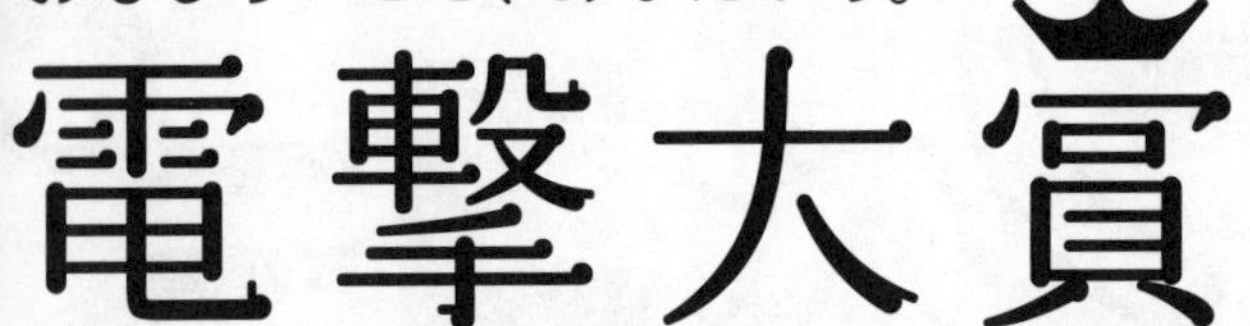

自由奔放で刺激的。そんな作品を募集しています。受賞作品は
「電撃文庫」「メディアワークス文庫」「電撃の新文芸」などからデビュー!

上遠野浩平(ブギーポップは笑わない)、
成田良悟(デュラララ!!)、支倉凍砂(狼と香辛料)、
有川 浩(図書館戦争)、川原 礫(ソードアート・オンライン)、
和ヶ原聡司(はたらく魔王さま!)、安里アサト(86－エイティシックス－)、
瘤久保慎司(錆喰いビスコ)、
佐野徹夜(君は月夜に光り輝く)、一条 岬(今夜、世界からこの恋が消えても)など、
常に時代の一線を疾るクリエイターを生み出してきた「電撃大賞」。
新時代を切り開く才能を毎年募集中!!!

おもしろければなんでもありの小説賞です。

- **大賞** …………………………… 正賞＋副賞300万円
- **金賞** …………………………… 正賞＋副賞100万円
- **銀賞** …………………………… 正賞＋副賞50万円
- **メディアワークス文庫賞** ……… 正賞＋副賞100万円
- **電撃の新文芸賞** ………………… 正賞＋副賞100万円

応募作はWEBで受付中! カクヨムでも応募受付中!

編集部から選評をお送りします!

1次選考以上を通過した人全員に選評をお送りします!

最新情報や詳細は電撃大賞公式ホームページをご覧ください。

https://dengekitaisho.jp/

主催:株式会社KADOKAWA